大活字本シリーズ

澤田ふじ子

短夜の髪

《上》

京都市井図絵

埼玉福祉会

短夜《みじかよ》の髪

上

京都市井図絵

装幀　関根利雄

目次

短夜《みじかよ》の髪

京都市井図絵

野楽《のらく》の茶碗

一

北山や比叡山《ひえいざん》、愛宕山《あたごやま》の頂《いただき》に雪が残っていた。

大晦日から正月三が日にかけ、京では時々雪がちらついたものの、松の内の間、まずまずの天候がつづいた。

道を行く人々は顔見知りに出会うと、足を止め、新年の挨拶をにこやかに交していた。

松の内は正月の松飾りのある間の称。昔は元旦から十五日までを、現在は普通七日までをいっている。

「今年はまあ雪がちらついたもんの、寒い風もさして吹かんと、ええ正月どしたなあ」

「ほんまにそうどしたけど、うちの町内では笑っていいやら悪いやら、変なことがありましたわ」

「それはどないなことどす。うちにもきかせとくれやすか」

「へえ、町内の女の子の何人かが、羽子突《はねつ》きをして遊んでいたんどす。そしたら一人の子の突いた羽子が、低屋根の上に飛んでしまい、どないしても取れしまへん。突き上げた子は泣き出し、みんながどないしよと困っていたときどした。祝い酒を飲んだ、隣の町内の若い衆が数人通りかかり、一番酒に酔うてた左官屋働きの若い衆が、よっしゃ、わしに委《まか》せとけといわはったんどす。近くの家から梯子《はしご》を借りてきて、屋根に登り、羽子をつまんで下に落さはりました。それで一件落着のはずやったんどすけど、そのときその若い衆が瓦屋根に足を滑らせ、下に落ちてしまわはったんどすわ。あげく右腕の骨を折り、大事《おおごと》になったんどす」

「そら大変どしたなあ」

「若い衆たちは祇園社《ぎおんしゃ》へ初詣でに行く途中やったそうどす。それで右腕の骨を折って痛がってはる安七《やすしち》いう職人はんは、まだ酒の酔いが醒めんと、祇園社へお参りしたら、こんなもん治してくれはるとごてはりましてん。驚いて表に出てきた町内の人たちが、そらあきまへんと止め、ひと騒動やったんどすわ。結果はなんとか近くの接骨医の許に行ってもらい、手当を受けはりました。そやけどそれから、どうしても初詣でに行くのやと主張しはりますさかい、騒動を収めた町役たちと羽子を突いてた女の子、さらにその親たちが合わせて十五人ほど、その若い衆について、ぞろぞろと祇園さんに出かけたという、変な話なんどす。その安七はんはよほど気のええお人なんか、連れの若い衆に自分の巾着を開けさせ、子どもたち一人一人にお守り袋を買い与えたうえ、四文やけど兄ちゃんからのお年玉やというて、上げはったんどすわ」

「四文なら納豆が一束買えますがな。ちょっと変わった若い衆どすなあ」

納豆は藁《わら》で束ねられているため、一束と数えられた。当時、ゆで卵は二十文、島原《しまばら》や五番町遊廓などでよく売られていた。

「町役や女の子の親御はんたちは、しきりに辞退しはりました。けど町役はんをはじめ、可愛らしい女の子をぞろぞろ引き連れ、豪勢に祇園社へやってきたわしのええ気持も、考えてくんなはれといわれ、それ以上、断るわけにもいかなんだそうどす」

「なるほどなあ。安七はんいう若い衆の気持、うちにもわからんではありまへん」

初老の相手からこれをきかされた同年輩の人物は、顔をなごませてうなずいた。

「これにはまだつづきがあるんどっせ」

「それはなんどすな――」

「町役のお人たちが、安七はんのお怪我は、町内の責任でもあるといい出し、折れた腕の治療費と仕事ができへん間の給金を、町役一同で負担しようと決めはったんどす。そして安七はんの親方に会わはったところ、親方は、とんでもない、治療費はともかく、給金はこれまで通りきちんと払わせてもらいますさかい、わしの顔を潰さんといておくんなはれと、反対に頼まはったそうどす。それで万事、丸く収まったといいますわ」

「それは結構な話どすなあ。正月早々、気持のええ話をきかせてもらい、うちの胸も晴れました。ろくでもない話ばっかりの世間どすけど、みんながそんな調子どしたら、もうちょっと世の中もようなりまっしゃろになあ——」

「ほんまにそうどすわ」

二人は長々とこんな話をした後、これから寒うなりますさかい、お互い身体《からだ》を労《いたわ》りまひょうなといい合い、別れていった。

お稀世《きよ》は石焼き芋《いも》屋の土間に置かれた長床几《ながしょうぎ》に腰を下ろし、芋が焼けるのを待ちながら、初老の男たちのこんな話をきいていた。

彼女の家は京の町の中心地、烏丸室町《からすまむろまち》に近い姉小路《あねやこうじ》通り衣棚《ころものたな》西入ル突抜町《つきぬけちょう》にあった。

小さな茶道具屋を営んでおり、店の名は「柊屋《ひいらぎや》」。茶道具だけではなく、書画や骨董品《こっとうひん》も扱ういわば古道具屋だった。

父親は善左衛門《ぜんざえもん》といい、母親のお絹《きぬ》は長い間、胸の病で臥《ふ》せっていたが、お稀世が十四歳だった五年前に亡くなっていた。

店は父親と番頭竹次郎《たけじろう》の二人だけで営んでおり、お稀世も店番ぐらいは手伝っていた。書画や茶道具の目利《めきき》もいくらかできた。

今日は母親の祥月命日で、菩提寺である寺町の妙満寺《みょうまんじ》まで出かけた。その戻り、父親の好きな石焼き芋を買って帰ろうと思い、近くの店の長床几で、焼き上がりを待っていたのだ。

やがて甘く芳《こう》ばしい匂いが、狭い店にただよった。

石焼き芋がようやく焼き上がったのだろう。

「柊屋のお譲はん、お待たせいたしましたけど、やっと焼き上がりましたえ」

店の老爺《ろうや》から声をかけられ、お稀世は長床几から立ち上がった。

――うちの裏の　ちしゃの木に　雀が三びき　とまって　一羽の雀

の　いうことにゃ　昨《よんべ》もろうた　花嫁さん　結構な座敷に　すわって　なにが悲しゅて　泣かしゃんす　襟《えり》も衽《おくみ》もよう縫わん　そんな嫁さん　去《い》んどくれ　お寺の前まで　送って　もう日がくれて　もしもし　丁《でっ》稚《ち》さん　ここはなんと　いうところ　ここは信濃の　善光寺　善光寺さんに　願かけて　梅と桜を　あげました

近くで女の子たちが、手鞠をついて遊んでいるとみえ、歌声が賑やかにきこえていた。

「小父《おじ》さん、芋四つでなんぼどすか——」

お稀世は提げ袋の口を開けながらたずねた。

「へえっ、十六文いただきます」

「ほな十六文、どうぞ受け取っておくれやす」

「確かにいただきました」

焼き芋屋の老爺は、厚い掌《てのひら》にのせられた小銭を数え、お稀世に頭を下げた。

四本の芋は、一本を仏壇の母親の位牌に供え、後の三本を父親の善左衛門と番頭の竹次郎、それに自分がおやつとして食べるつもりでいた。

家に戻ってくると、店の雰囲気がどこか妙だった。

「お帰りやす――」

番頭の竹次郎は普段通りに迎えたが、父親の善左衛門は結界の奥で無言でうなずき、不機嫌そうな顔をそのまま帳面に戻した。

店の棚にはさまざまな物が並んでいる。

客に上がってもらう表座敷の床や違い棚には、特に高価な物が飾られ、雑多な道具類は土間に積んであった。

お稀世の父親の善左衛門は、この五月、彼女を御所に近い晴明町《せいめいちょう》の紙屋に嫁がせ、店を閉じる考えでいた。

番頭の竹次郎は二十八歳、同業者仲間の許に引き取ってもらい、そこで働くことになっていた。

かれはやがて一軒、茶道具屋を構える心づもりだときいていた。

お稀世が着替えて店に出てくると、善左衛門はまだ不機嫌な顔のままだった。

「お稀世、わしはちょっと出かけてきますさかい、竹次郎と店番を頼みますよ」

善左衛門はいきなりお稀世にいい、帳場から立ち上がった。

かれが柊屋を閉じる気になったのは、数年前から病んでいた目が、いよいよ悪化してきたためであった。痛みがあり、物がかすんで見えるのだという。

「気を付けて行ってきとくれやす」

「ああ、そないにするわい」

竹次郎の声に、善左衛門はやはり無愛想に答え、小さな信玄袋を提げて出ていった。

かれは淀川が京都盆地から大坂平野へ流れ出る狭隘《きょうあい》部の、山崎の農家に生れた。

家の畑を耕していると、たびたび灰色がかった焼き物の破片が出てくるため、いつかそうした物に興味を抱くようになった。それが奈良に京《みやこ》があったときよりずっと以前の時代に焼かれた陶器（須恵器《すえき》）だと、人から教えられ、古い物への興味をさらに深めていった。

そして十五のとき、京の茶道具商「松坂屋《まつざかや》」へ奉公に出た。そこで三十年実直に働き、やがていまの場所に店を構えたのであった。

その間に陶器はもとより、書画の真贋《しんがん》を見分ける目を養ってきた。

かれが店を出すとき、三十年奉公してきた松坂屋の主《あるじ》与左衛門《よざえもん》がいった言葉は厳しかった。

「古道具屋、わけても茶道具屋になるからには、どんなに名器でも、自分が持ちたいと思うたらあきまへんえ。玩物喪志《がんぶつそうし》いう言葉がありまっしゃろ。商人になるのどすさかい、利を得るのが大切。名品でも心を奪われることなく、利益の前には無用の物と考えなあきまへん。自分の物にしたいと思うのは、志を失うことになります。そこをよくよく心得ておきなはれや」

これはまさに至言であった。

古道具、中でも茶道具を商う商人が、良い物だから所持したいと考えたら、売る物が少なくなり、経営が行き詰まる道理である。

松坂屋の主はこれを玩物喪志といったのだ。

善左衛門は二十年余りつづけた柊屋を廃業した後、山崎に戻り、甥《おい》の家の別棟で野良仕事をしながら、のんびり暮らすつもりでいるのである。

「竹次郎はん、お父はんはうちにも不機嫌な顔をして出かけはりましたけど、いったいどこへ行かはったんどす」

「さてどこどっしゃろ。わたしにもどこにとはいわはらしまへんどした」

番頭の竹次郎は怪訝《けげん》な表情で答えた。

「うちが留守の間に、何か変わったことでもあったんどすか――」

お稀世はたずねずにはいられなかった。

「へえっ、室町の呉服問屋『近江屋《おうみや》』の旦那さまが、店へおいでになりました。この二十五日、室町筋の同業者を招き、正月の茶会を催すさかい、ええ茶碗はないかときかはりましたさかい、旦那さまが野楽《のらく》の黒茶碗を見せはったんどす。そしたらよさそうな茶碗やないか、買わせてもらうかもしれんといわはり、持っていかはったんどす」

竹次郎の顔は不審そうなままだった。

「野楽の黒茶碗、そんな茶碗、店にありましたんか——」

「お稀世さま、うちの店に黒茶碗なんかありまへん。旦那さまが近江屋七右衛門《しちえもん》さまに見せはった野楽の黒茶碗は、やはり室町筋で呉服問屋をしてはる『菱屋《ひや》』さまから、仕覆《しふく》がぼろぼろになったさかい、新調してもらいたいと、預こうていた品どすわ。わたしは旦那さまに、それはよそからの預かり物どすといいかけました。そやけど、旦那さまに険しい目でぐっと睨まれましたさかい、口を噤《つぐ》んだんどす。旦那さまには、何かお考えがおありのようどした」

かれは躊躇しながら、ようやくそう説明した。

仕覆——とは、茶入や茶碗を入れておく袋。多くは金襴《きんらん》や緞子《どんす》など、錦《にしき》類の名物裂《めいぶつぎれ》で作られていた。

菱屋の主は茂兵衛《もへえ》といい、近江屋の主七右衛門と同様、掘り出し物はないかと、ときどき柊屋をのぞきにくる人物だった。人柄はいたって平明で、金払いもよく、決して値切らなかった。

一方、七右衛門は室町筋の呉服問屋としては三代目になるが、何事にも吝嗇《りんしょく》で、茶筅《ちゃせん》一つ買うにしても、必ず値切る嫌な客だった。

その近江屋七右衛門に、善左衛門は同業者の菱屋茂兵衛から、仕覆の替えを依頼された野楽の黒茶碗を、手渡したというのだ。

野楽——の言葉は、現在、茶湯《ちゃのゆ》の世界でも忘れ去られている。

武野紹鷗《たけのじょうおう》について茶湯を学び、侘茶《わびちゃ》を完成させた千利休は、豊臣秀吉の茶頭《さどう》になった頃、「ハタノソリタル」茶碗、すなわち不整形の茶碗を好んだ。

秀吉が黄金の茶室で茶会を催すようになった当時は、楽長次郎《らくちょうじろう》によって造られた黒茶碗は、「黒ハ古キココロ也」といわれ、独自の茶陶《ちゃとう》の世界を築き上げていた。

すなわち、「藁屋に名馬をつなぎたるが好し」という日本的美意識である侘びと、平俗とが衝突する危険が、ここに明白に生じていたのであった。

長次郎の黒茶碗は、利休が無上とする侘茶の理念のもとに造られた。『松屋会記』によれば、天正十四年（一五八六）十月十三日、中坊源五《なかのぼうげんご》の茶会に用いられた「宗易《そうえき》（利休）形ノ茶ワン」は、利休好みの器形の茶碗を示しており、楽長次郎が造った黒楽茶碗、もしくは赤楽茶碗だったと思われる。

さまざまな「茶会記」で見る限り、この天正十四年は、茶湯における茶碗の変換期だった。中坊源五の茶会を契機にして、茶会で唐物《からもの》茶碗ではなく、「今焼《いまやき》茶碗」が頻々《ひんぴん》と用いられるようになるのだ。

今焼茶碗とは、瀬戸茶碗や信楽《しがらき》茶碗、長次郎によって造られた茶碗などであった。

楽茶碗は軟陶。そのため低火度の小規模な窯でも造られた。

「近頃、あちこちの茶会で、聚楽土《じゅらくつち》を用いた楽長次郎の黒茶碗や赤茶碗が、盛んに使われているそうやわ」

「それが時勢と時節やったら、わしらもそれを造ったらええがな」

「そしたら長次郎茶碗を真似、手捏《てびね》りの黒茶碗を造ったろうやないか」

「それなら売れるかもしれへんなぁ」

「茶わん屋」と呼ばれる焼き物師たちは、京の各地で続々と手捏りの黒楽茶碗や赤楽茶碗を造り始めた。

売りに出したら、意外に好評を得た。

楽家《け》が代々造ってきた楽茶碗ではなく、こうして造られた楽茶碗を、「野楽」というのである。

柊屋善左衛門が、菱屋茂兵衛から預かっていた野楽は、長次郎の黒茶碗・銘「利休」に似ていた。手捏りで、姿が端然として歪みがなく、高台《こうだい》も正円形に削られていた。

「旦那さま、あの野楽の黒茶碗を、近江屋の旦那さまに渡さはってええんどすか。問題が起りまへんやろか」

近江屋の主七右衛門が、小布に包んだ茶碗箱を抱えて帰った後、番頭の竹次郎は善左衛門におずおずとたずねた。

「あれはあれでかましまへん。よさそうな茶碗やさかい、買わせてもらうかもしれんというてはったけど、そんなんどうなるかわからしまへん。いつものように、ただで正月の茶会に使うだけ使うた後、やっぱり気に入らんさかいと、おそらく返してきはりますやろ」

「それにしても、その正月の茶会に、もし菱屋さまが招かれてはったら、うちに預けた茶碗やと知れてしまいますがな」

竹次郎は、善左衛門が考えないでもない光景を口にした。

「あの野楽がそこで、菱屋はんがわしに預けた茶碗やとわかったかてかましまへん。それはそれで、わしも覚悟を付けてのこっちゃ。だいたいあの近江屋七右衛門はんは横着どす。毎度毎度うちからだけではなく、あちこちの茶道具屋から、貴重な茶碗や茶入などを、じっくり見てから買わせてもらいたいというて、持っていかはります。そしてこっそり茶会で使うた後、やっぱり気に入らんさかいと、戻してきはります。あれは実に巧妙で狡賢《ずるがしこ》いやりかたどすわ。茶会に招かれた人たちの間では、近江屋はんはええ茶道具を仰山持ってはると評判されてます。けどそんなんが知れたら、茶道具は人の目垢《めあか》が付いて売れしまへん。わしがここに店を出してから、そんな横着を何度されたことやら。わしはもう腹に据えかねてますのや。一発、どうしてもかましてやらなあかんと、思うてた矢先どした。今度の茶会に菱屋茂兵衛さまが招かれ、ひと騒動起ったら、それはそれまでのこと。この世で起ったことは、この世で片が付くわいな。わしはもう覚悟を決めたのやさかい、おまえも腹をくくるこっちゃ」

お稀世は、父親の善左衛門と番頭の竹次郎の間でこんなやり取りがあった後、温かい石焼き芋を胸に抱え、店に戻ってきたのであった。

彼女は竹次郎からようやく話の一切をきき出し、店の帳場にぺたんと座り込んでしまった。

それにしても父親は、不機嫌な顔でどこに出かけたのだろう。

彼女にしたら近江屋を訪れ、理由を詳しく伝え、野楽の茶碗を取り戻してきたかった。

外では陽が射していたが、どこからか雪が飛んできていた。

店の暖簾《のれん》が寒々しく、ぱたぱたとひるがえっていた。

二

その夜は小雪が舞っただけだったが、ひどく冷え込んだ。

お稀世は夜更けの四つ半（午後十一時）頃まで、帳場に据えた火鉢を抱き、昏《くら》い顔を行灯《あんどん》に照らされながら、父善左衛門を待っていた。

だが九つ（午前零時）の夜回りが拍子木を鳴らして通りすぎた後、ようやくあきらめを付け、奥の部屋に敷いた布団に横たわった。

しかし容易に寝付けず、不安だけを募《つの》らせていた。

――お父はんはどこへ行ってしまわはったのやろ。まさかとは思うけど、そんなんしてはらへんやろなあ。

彼女は善左衛門が、自分のした不埒《ふらち》と最悪の事態を気に病み、どこかで首を吊ったのではないかと、想像したのであった。

一旦、そう考えるともう眠れず、とうとう一睡もできないまま夜を明かした。

胸の中で、木の枝にぶら下がった善左衛門が、店先から右に見える東山のどこかで寒風に吹かれ、かすかに揺れている。

飯釜の火を焚き付けながら、狐や狸など山に棲む獣が、そんな父親の姿を不思議そうに見上げている光景が、炎の中に明暗をつくって浮かんでならなかった。

「お稀世さま、おはようございます」

二階の納戸部屋から番頭の竹次郎が下りてきた。やはり寝不足の顔で彼女に声をかけた。

「竹次郎はん、昨夜、お父はんはとうとう戻ってきはらなんだけど、いったいどうしはったんやろ。何かいい置いていかはったんと違いますか」

お稀世は疑わしげに眉を翳《かげ》らせ、かれにたずねかけた。

「いいえお稀世さま、わたしはそんなんきいていまへん。あれこれ考えましたけど、案外、山崎の甥御はんのところにでも、行ってはるのと違いますか。お稀世さまが紙屋の若旦那さまと祝言を挙げはるのはこの五月。店仕舞いの後、身を寄せる相談にお出掛けになったのやございまへんやろか」

「それやったらええのどすけど——」

お稀世は心に小さな火を点《とも》されたように思い、つぶやいた。

「わたしも心配どすさかい、なんどしたら山崎へ使いを走らせ、たずねてみまひょか――」

「そうやなあ。そやけどそうと決まったわけではありまへん」

「お稀世さまに何か心当たりはございまへんか」

「うちにそんなんあったら、宵のうちに竹次郎はんにたずねに行ってもろうてます」

「確かにそうどすわなあ。旦那さまは酒もあんまり飲まはらしまへんさかい、どこかの料理茶屋や居酒屋で、酔い潰れてはるはずもありまへんさかいなあ」

「竹次郎はん、お父はんがどこに行ってしまわはったのか、どう思案したかてわからしまへん。とにかく、御飯が炊き上がりましたさかい、ひとまず朝御飯を食べながら考えまひょか。それでなんとも勘考《かんこう》が付かなんだら、山崎に使いを走らせ、きき合わせてみまひょ」

お稀世は竹次郎に顔を洗いに裏へ行かせ、手早く朝御飯の仕度をととのえた。

彼女は御飯を食べながら、五月に祝言を挙げる晴明町の紙屋「高松屋《たかまつや》」の芳之助《よしのすけ》についてぼんやり考えていた。

かれがもし惚れ合って祝言を挙げる相手なら、こんなとき躊躇《ためら》わずに相談できるが、芳之助との縁談は仲人口《なこうどぐち》によるもの。結納はすんでいるものの、頼りにするのは憚《はばか》られた。

彼女と竹次郎は、互いに黙ったまま朝御飯をすませた。

その後、御飯の片付けを終え、お稀世は店の暖簾を上げるため表に出て行く竹次郎の後ろ姿と、土間に積み上げられた菰荷《こもに》を見ていた。そしてどうして自分は、かれを入り婿として迎えなかったのだろうとふと思った。

父親の善左衛門からそうしてくれといわれれば、お稀世はすんなり従っていただろう。

店を廃業するに当たり、竹次郎は同業者の許に引き取られ、土間の菰荷はそのとき、かれが先方の店に携《たずさ》えていく持参品。伊万里《いまり》の古染付《こそめつけ》がびっしり包み込まれていた。

自分は仲人口で嫁に行かされ、柊屋の入り婿にふさわしい竹次郎は、同業者の許へ奉公替えをさせられる。

――これはどうしてだろう。

このときになり、お稀世の胸に大きな疑念が急にわき上がってきた。彼女は十九歳。柊屋の番頭といっても竹次郎はまだ二十八歳。いささか年上だが、釣り合わないほどではなかった。かれが死んだ母親の里の東九条村《ひがしくじょう》から柊屋へ奉公にきたのは、お稀世が八歳のとき。竹次郎は十七歳であった。

仲人口でお稀世の縁談が持ち上がった折、善左衛門の周りの人々や同業者たちも、そんな取り合わせでもよいのではないかと、誰一人として口を挟まなかった。

これまで深く考えもせずにきてしまったが、これはなんとしてもおかしなことだといえよう。

お稀世は父親の善左衛門や母親のお絹が、竹次郎をどう扱ってきたかを、漠然と思い返してみた。

すると不審なことばかりだった。

両親は竹次郎を奉公人扱いしなかったのだ。強い言葉で叱ったこともなく、預かり物のような態度でいつも接していた。

ことに父親は、自分が集めてきた焼き物の破片をかれの手に取らせ、これはどこの焼き物かを、優しい声で説明していた。

毎年、東山の大きな料亭で、円山応挙《まるやまおうきょ》を中心にして開かれる「新書画展」に連れて行くばかりか、夏、市中の社寺で行われる蔵品の虫干しにも伴い、古画の見分けを教えていた。

また祇園祭には、室町筋の呉服問屋では店の表を開放し、所蔵する屏風などを鉾《ほこ》見物の人々に披露する「屏風まつり」が行われる。

そんな場所にもわざわざ竹次郎を連れて出かけ、お稀世を羨《うらや》ましがらせるほどであった。

「柊屋の善左衛門はんが、茶道具屋ながら骨董屋みたいに種々雑多な古道具を扱われるのは、あのお人が根っから古い物が好きやからどすわ。好きこそ物の上手なれ、どすなあ」

茶道具屋や古道具屋仲間の間では、善左衛門は大変な目利だと評判されている。

そのかれによって育てられた竹次郎の鑑識眼は、いまや相当なものになっていた。

かれを引き取る寺町御池《おいけ》の「浄寿堂《じようじゆどう》」では、竹次郎を二番番頭として迎える約束がされているくらいだった。

茶道具屋は専《もっぱ》ら茶湯に関わる品々を扱うが、骨董屋や古道具屋とは、厳密にいえばわずかに違っていた。

骨董屋や古道具屋が雑多な古道具を対象とするのは勿論だが、希少価値や美術的価値のある古道具や古美術品を扱い、博識でなければできなかった。

そんな善左衛門の許で、竹次郎は焼き物から新旧の絵、さらには塗り物まで、その鑑識眼を磨いてきたのだ。

「善左衛門はんや竹次郎はんの物を見る目にはかないまへんわ。仰山の古画が、箱に納められてるとしましょうかいな。箱書きや古筆家《こひっけ》の極めは別にして、中身の画幅を手に取っただけで、それが本物かどうか、だいたいわかるといいまっせ」

「どうしてどすな――」

「ええ物はほんの少しだけ見えてる表具の端や軸先のようすと、手に取ったときの感覚で、わかるのやそうどす。ええ物には、特有の湿りと重さがあるといわはりますのや。人から何遍も開いて見られた物は乾いてて、そんなんはほとんどが駄物《だぶつ》。湿りと重さのある画幅は、あまり開いて見られなかったからで、そんな物の中に、はっとさせられる逸品があるのやそうどす」

こうした見立ては、長い間、多くの経験を積んできたたまものだろう。

日本六古窯《ろくこよう》で焼かれた陶器で、それが壺なら、四季のどの季節に造られたか、また若い職人か壮・老年の職人が造ったものか、わかるともいっていた。

それは物が土だけに、轆轤《ろくろ》挽《び》きなど技術の痕跡が、壺の表面に明らかに残っているからだった。

陶土は水挽きといい、手を水で濡らし、轆轤を回転させて挽き上げる。

冬の寒い仕事場、隙間風が吹き込んでくる。

若い陶工はそれでも皹《あかぎれ》や霜焼けの生じた手を水に濡らし、轆轤を挽こうとする。

だが老練な陶工なら、できるだけ手を水に濡らさず、両手と陶土の接面をわずかにして、一気に挽き上げてしまう。

壺をよく見れば、そうした痕跡が壺の表面に表れているのである。子どもの頃から焼き物が好きだった善左衛門の薫陶を、竹次郎は濃く受けてきた。娘のお稀世さえ、その影響でそこそこ陶磁器の目利《めきき》になっていた。

しばらく後、お稀世は店のととのえを終えた竹次郎に声をかけた。

「竹次郎はん、やっぱり使いを山崎に出しまひょか――」

「へえ、そうしまひょ」

かれはきっぱりいい切った。

そのとき、土間に人の気配がした。

「お父はんやろか――」

お稀世がつぶやき、竹次郎は店に飛び出していった。

「だ、旦那さま――」

かれの声がお稀世を表の土間に走らせた。

そこには父親の善左衛門が、憔悴《しょうすい》した姿で立っていた。

「お父はん、どこへ行ってはったんどす」

彼女は棘《とげ》のある声でかれにただした。

土間に履物を脱ぎ、帳場に上がりかけていた善左衛門は、疲れた顔をお稀世に向けた。

「わしやったら、竹次郎のことで浄寿堂へ行ってきたんどす」

「浄寿堂どしたら、この店から半時（一時間）もあれば、行き帰りできまっしゃろ。それがひと晩がかりどすか。ゆうべはどこで泊まらはりましたん」

彼女の口調は鋭くなっていた。

「浄寿堂でときをすごした後、お絹の墓参りに行き、それから考えごとがあって、三条寺町の知ってる旅籠《はたご》に泊めてもろうたんや」

「考えごとといわはりましたけど、そんなん、家ではできしまへんのか。うちや竹次郎はんに何もいわんと、不機嫌な顔でぷいと出て行ったきりとは、あんまりどすがな。ゆうべからずっと、うちらがどれだけ心配してたか、わかってはりますのか」

お稀世の顔は、もう泣き出しそうになっていた。

「旦那さま。お稀世さまのお気持もよう考えて上げておくれやす。お稀世さまは旦那さまを案じ、昨夜は一睡もしはらなんだようすどす。お知ってる旅籠に泊めてもろうたんやといわはりましたけど、そこでいったい何を考えてはったんどす」

「竹次郎、わしかて一人になりたいときもあるわい」

「そやけど、もし思案にあまることがあるのどしたら、わたしやお稀世さまにもきかせておくれやすな」

竹次郎は真剣な表情で善左衛門に迫った。

「ばか野郎、おまえたちにきかせてええことと、不都合なことがあるわいな。わしはまだ寝足りんさかい、これからゆっくり眠らせてもらうわ」

善左衛門は二人に詫びるどころか、また不機嫌な顔になり、荒い物腰で奥に入って行った。

「お父はん、寝足りんとは、どないしてどす」

お稀世の詰問がかれの背を追いかけた。

奥の襖が手荒にぴしゃりと閉められ、彼女と竹次郎は、互いの困惑した顔を見合わせた。

善左衛門の病んでいる目が、さらに悪化しているのは、お稀世も竹次郎も気付いていていた。

これが原因でかれが商売を止《や》めるにしても、まだほかにも理由《わけ》があるのだろう。

茶道具の見立ては、真剣でなければできない。売りも買いも一つ間違えば大損を出し、店を潰す事態さえ招いてしまう。

とにかく目の病が廃業する最大の理由だろうが、別にも悩みがありそうだった。

かれが何事もなく店に帰ってきたため、やがて平常通り商いが始められた。

だが柊屋の暖簾は今日も寒風に吹かれ、正午《ひる》までにきた客は一人。竹次郎がしきりに勧めた「姫谷《ひめたに》」の絵皿を、一客《いつきやく》買っていっただけであった。

「この絵皿、確かによさそうな物どすけど、姫谷焼といわれても、そんな焼き物、きいた覚えがありまへんなあ」

その客はどこか疑わしげな顔で竹次郎を眺め、また小皿に目を落した。

絵皿は肥前の有田焼や加賀の九谷焼に似て瀟洒《しようしや》な趣があり、椿の絵が描かれていた。

「お客はん、姫谷焼はそこらに並べてある伊万里や九谷焼にくらべ、数の少ないものなんどす」

「それはどうしてどすな――」

客たちは真贋や本当の良さがわからない場合、売り手が強く勧めるにつれ、反対に疑いを深くし、退《の》くという特性をそなえている。

その客も幾分、そんな表情であった。

「お客はん、姫谷焼は備後国《びんごのくに》広瀬村の姫谷というところで、焼かれた磁器なんどす。江戸時代の初めの寛文《かんぶん》(一六六一―七三)頃に焼かれ、陶工市右衛門《いちえもん》の名が知られております。その市右衛門はんが死なはった後、間もなく廃窯になりました。焼造の期間が短かったせいで、遺品が少ないんどすわ。姫谷焼には染付・赤絵・青磁などがあり、陶法はまあ有田系統やと、わたしは思うてます」

竹次郎は自信に満ちた口調で説明した。

陶工市右衛門は、寛文十年（一六七〇）に没している。

「おまえさまがそれほど勧めやすのやさかい、そないに悪い物ではありまへんやろ。まあ買わせていただいておきますわ」

「お持ち帰りになって、やっぱり気に入らなんだら、店に戻しておくれやす。この柊屋は、お客はんに一旦買《こ》うていただいた品でも気に染まなんだら、引き取らせていただく取り決めになっておりますさかい」

「そしたら負けてくれなどといわんと、きれいに買うときますわ」

その客は後はあっさりいい、竹次郎が勧めた姫谷焼の絵皿を買って行った。

「竹次郎はん、あの一見《いちげん》のお客はんに、果して姫谷焼の良さがわかりますやろか」

中暖簾の内にひかえていたお稀世は、客が去ったのを見定めたうえで、表に出てきて竹次郎にたずねた。

「あれこれ迷ってはりましたけど、わたしの説明でやっと買うていかはりましたんやさかい、十分ではないにしても、納得してくれはったんどっしゃろ。気に入らなんだら、買い戻して欲しいというてきはりますわ」

竹次郎は素っ気ない口振りで答えた。

顧客を多数持っている茶道具屋は、売った品物をすべて台帳に記している。一人の顧客からこんな物をと頼まれると、台帳に記された中から、それを探し出す。持ち主の許を訪れ、これこれの品を欲しがっておられるお客はんがいてはりますさかい、お手放しになってはいかがでございます、と依頼する。そしてそれを欲しがっている客に、わずかな口銭《こうせん》（仲介料）だけで売るのが、普通であった。

それだけに売買の顧客台帳は貴重で、長く商いをしていれば、佳い品物は無尽蔵だといってもよかった。

竹次郎は姫谷焼の絵皿を買っていった一見の客から、すでに名前と住居《すまい》をきいていた。

現在の茶道具屋や古道具屋は全く売りっ放しだが、信用を尊ぶ古い時代の商人は、ほとんどがそうであった。

「そしたら、それでよろしゅうおすわなあ」

お稀世は竹次郎の言葉をあっさり承知した。

朝帰りをした善左衛門は、奥の部屋でまだ眠っている。

この日はその後何事もなく、陽暮れが近づいた。

「お稀世さま、旦那さまのごようすはいかがでございます」

夕飯の仕度に取り掛かっているお稀世に、帳場に坐った竹次郎が声をかけてきた。

「先程もちょっと見てきましたけど、変わったことはありまへんどした」

「それならようございますが――」

竹次郎はそういい、店の棚に目を這わせた。

姫谷焼の置かれていた部分が、ぽっかり穴が空いたように寂しく見えた。

姫谷焼はそれほど市場には出回らない稀覯品《きこうひん》。珍しい焼き物だった。外に薄暮が這い始めた頃、善左衛門が奥からようやく起き出してきて、店をのぞいた。

「竹次郎、今日はどないどした」

かれは外の気配をうかがいながらたずねた。

「へえ、姫谷の絵皿を買うておくれやしたお客はんがございました」

「あの姫谷焼を。それはよかったなあ。あれだけの物を買わはったのなら、よっぽど目の利くお人やったんやろ。それにしても、廃業するため仕入れもせんと、店の品物が次々と少のうなっていくのは、やっぱり寂しいもんや」

「はい、わたしもそんな気持になります。それはそれとしてそのお客はん、わたしの長い説明をようきいてくれはり、納得して姫谷の絵皿を買うてくれはりました」

「へえ、そうかいな。おまえもうちの店でよう辛抱して修業してきた。やがてはいっぱしの茶道具屋になれるわ」

善左衛門は悪い目をしばたたかせ、かれを褒めたたえた。

中暖簾の奥から魚を焼く匂いがただよってきた。

三

「本日は茶会へお招きいただき、ありがとうございます。お日柄もよく、かしこまって参上いたしました」

正月二十五日正午すぎ、四条室町上ル菊水鉾町《きくすいほこちょう》に店を構える呉服問屋近江屋を、主の七右衛門から初釜の招待を受けた室町筋の問屋仲間が、次々と訪れていた。

当日は冬とは思えないぽかぽか陽気で、天候はまことに良かった。

近江屋は、千利休が茶湯を学んだ武野紹鷗庵《いおり》跡「大黒庵」の斜め向かいに、間口十間ほどの構えを見せ、いかにも老舗《しにせ》らしい店だった。

大黒庵について『雍州府志《ようしゅうふし》』は、「室町四条北にあり、(中略)始名は武田因幡守仲村《いなばのかみちゅうそん》(中略)父信久《のぶひさ》孤となり、泉州堺に寓す。其子仲村成長後専ら茶を嗜《たしな》み、京師《けいし》に入り四条室町恵美須《えびす》社南隣に住す。倭俗恵美須大黒を以て一双となす。其隣を以て其居住大黒庵と称す」と記し、紹鷗は武士の子であった。

近江屋七右衛門の茶湯好きは、室町時代末期の茶人で、文化人としても知られた武野紹鷗の庵跡近くに、店を構えている誇りからのものだった。茶湯の持つ深い精神性など、解する人物ではなかった。

吝嗇《けち》で我儘《わがまま》。好色で人を見下すところがあり、四十人余りいる奉公人たちを、叱ってばかりいた。鼻持ちならない俗物だと、同業者の目にも映っていた。

室町筋の多くの呉服問屋や、そのほかさまざまな店の主が、かれを敬うように接しているのは、ただ近江屋が大店《おおだな》だからであった。

自己主張や発言力の強いかれを、敵に回したくないため、その言葉に諾々と従っているだけ。だが七右衛門は、それすら読めない愚鈍な人物だった。

そんなかれから正月の茶会に招かれたのは、室町筋で呉服問屋を営む十六人。その中に菱屋茂兵衛もふくまれていた。

近江屋の広い離れの座敷の隅には、茶湯の炉が切られている。そこに古天明《こてんみょう》の釜が据えられ、風炉先《ふろさき》は芦透《あしすかし》、床《とこ》には一休和尚《おしょう》筆の「白雲是無心」の書がかけられ、古信楽の筒花生《つつはないけ》に椿が活けられていた。

さらには尾形乾山《おがたけんざん》の四角椿図水指などが置かれ、菓子は松華堂の銘菓福梅だった。

この日の正客《しょうきゃく》は、尾張徳川家の呉服御用を務め、呉服問屋仲間・年寄役筆頭の「瀬戸屋《せとや》」吉兵衛《きちべえ》だった。

十六人の招待客がそれぞれ挨拶をすませ、いよいよ近江屋七右衛門が薄茶を点《た》て始めた。

茶筅を振るう音が、静寂の中にかすかにひびいた。

七右衛門の付き人によって、最初の一碗は羽織袴で正装した正客の瀬戸屋吉兵衛の許に運ばれた。

菱屋茂兵衛は、かれから八番目の席に坐らされていた。

七右衛門が茶を点て始めたときから、茂兵衛はおやっと訝《いぶか》しげな目で茶筅を振るう七右衛門の手許を眺め、用いられている黒楽茶碗から目を離さなかった。

茶碗に見覚えがあったからである。

――あの黒楽は、わたしが突抜町の茶道具屋柊屋に、仕覆替えを頼んできた野楽とそっくりどすがな。

かれは胸で独りつぶやいていた。

――世の中にはよう似た茶碗があるもんやわ。

それがかれの最初の感慨だった。

近江屋七右衛門が次々と同じ黒楽茶碗で茶を点てている。

厳粛なときが刻々とすぎていった。

「結構なお点前でございました」

薄茶を喫し終えた客たちは、そのたび七右衛門に両手をついて挨拶していた。

「お茶碗、珍しい野楽の黒茶碗ではありまへんか」

五番目の席に坐った同業者の一人が、七右衛門にあからさまにたずねかけた。

「おまえさまはようものを見はりますのやなあ。いわはる通り、野楽の黒茶碗どすわ。わたしは楽長次郎が、千利休さまのために楽茶碗を焼いてた同じ時期のものではないかと思うてます」

「よくよく拝見すると、地肌の色合いも沸《に》えも、長次郎の黒楽茶碗と同じどすなあ」

「ほんまにそうどっしゃろ」

客から茶碗を褒められた七右衛門は、満足そうに頬笑んだ。

「近江屋はんはええ茶道具を仰山お持ちやそうで、羨ましおすわ」

「いやいや、いうていただくほどではございまへん」

かれは褒め言葉をにこやかな顔で否定した。

去年の正月の初釜では、野々村仁清《ののむらにんせい》が仁和寺窯《にんなじがま》で焼いた銘「初雪」

の茶碗が用いられた。

一昨年は高麗《こうらい》茶碗であった。

いずれも数奇者《すきしゃ》なら、垂涎《すいぜん》するほどの茶碗だった。

だがその実、二つとも市中の茶道具屋から、買わせてもらうかもしれないといい、持ち去った茶碗。茶会で使った後、難癖を付けて返していたのだ。

この席に招かれた客の中には、そんな七右衛門の悪癖を承知している者も、数人交じっていた。

――近江屋の七右衛門はんは、あの野楽の茶碗を長次郎の茶碗と同じだと褒められ、満足そうにしてはる。けどあれもおそらく、うまいことというて、どっかの茶道具屋から借り出してきたものに相違ないわい。一文の銭も惜しむ七右衛門はんが、高い金を払って茶碗なんか買わはるはずがあらへん。腹の中では、たかが抹茶を飲むだけの茶碗、飯茶碗でも用が足せます。そんなん買うてられしまへん。こないな初釜、金持ちの格好付けにやってるだけで、ほんまは勿体無いこっちゃと、思うてはるに決まってます。そやけどばかなお人やさかい、招いた客がそんなことを考えてるとは、思うてもいいしまへんやろ。人を化かしたつもりでも、わたしは騙《だま》された振りをしているだけで、ほんまはきちんと見透かしてまっせ。わたしの番がきたら、どないな言葉で茶碗を褒めてやりまひょうかいな。

何人かの客は、七右衛門にかける褒め言葉を、あれこれ胸で思案していた。

さまざまな言葉が行き交い、そのせいで緊張していた茶席がいくらか弛緩し、ただの社交の場と化してきた感じだった。

こうした中で、いよいよ七右衛門が茶筅を振るった野楽の茶碗が、付き人の手で菱屋茂兵衛の許に運ばれてきた。

かれは胸の鼓動を抑え、まず作法通りに茶を喫した。そして野楽の茶碗を両手で傾け、形状から地肌の色合い、ひっくり返して高台までためつすがめつ眺めた。

茶碗の鑑賞は通例としても、異様な気配でそれを吟味している茂兵衛の姿に、一座の注目がおのずと集まった。

「菱屋の茂兵衛はん、どうしはりましたんやろ」

「あんなに茶碗をじっと見て、見込み（茶碗内部の底）やひっくり返して高台、黒釉の切れや口縁《こうえん》まで改めてはるのは、なんでどっしゃろなあ」

「よっぽどあの茶碗に惚れこまはったんと違いますか。わたしらはそうでもありまへんけど、焼き物の好きなお人は、ええ物を見ると、たまらんといいますさかい」

二人は穏やかな口調で話をしていた。

一方、別の列では、不穏なささやきが交され始めた。

「菱屋はんが野楽の茶碗をためつすがめつしてはるのを、近江屋七右衛門はんが、険しい目で睨んではりまっせ」

「これはどうしたことどっしゃろ」

「菱屋茂兵衛はんは、この室町筋の問屋仲間では、数奇者の一人に数えられてます。自分はこれほどの野楽を所持してへん。そやけど、近江屋はんは造作もなく持ってはって、それが羨《うらや》ましい。もしかすると、嫉妬のあまりかっとならはって、あの茶碗を畳に投げ付け、割ってしまわはるかもしれまへん」

「物騒なことを、冗談でもおいいやすな。そないなことになったら、大変どすがな。いくら羨ましくても他人の茶碗。日頃から穏やかで礼儀正しい菱屋はんが、そんな乱暴をしはらしまへんわ」

「それでもこのままどしたら、何が起るかわかりまへんえ。見とみやす、菱屋はんのあの形相。野楽を持たはった手が、ぶるぶると震えてますがな」

「ほんまにそうどすなあ」

「なんとかせなあきまへん。野楽は焼きの甘い軟陶。畳に叩き付けられたら、粉々に割れてしまいまっせ――」

「そないな事態になったら、銭金だけではすみまへんやろ。近江屋はんは菱屋はんを町奉行所に訴えるといわはり、正客の年寄役の瀬戸屋吉兵衛はんが、止めはりますやろなあ」

「そやけど誰が止めはったかて、近江屋はんは欲の深いお人どすさかい、並のことでは収まりまへんえ。菱屋はんに何千両もの弁償金を要求し、ひょっとしたら、菱屋はんの店を乗っ取ってしまわはるかもしれまへん」

「いくらなんでも、そうまでしはらしまへんやろ」

「いやいや、近江屋はんの呉服の仕入れ方を考えてみると、そんな阿《あ》漕《こぎ》がうかがわれまっせ。織元の道楽息子に、博奕《ばくち》の金を仰山貸し付け、あげくその織元を乗っ取ってしまったことがありましたがな。あれ、あれと同じどすわ」

「いわれてみると、そんな事件がおましたなあ。そしたらあの野楽の茶碗、ご先祖さま伝来の貴重な品やとか、二千両三千両出して買うたとかいわれたら、それでもう御仕舞いどすがな。見とみやす、菱屋はんと近江屋はんのお顔。まるで相撲取りが、いままさに土俵に手をつき、取り組まんというように、睨み合《お》うてはりまっせ」

「これはもうひと騒動になりますなあ」

「穏やかな菱屋はんには珍しおすわ」

「ひょっとすると、あの茶碗には、何か因縁があるのかもしれまへんえ」

「ともに数奇者どすさかい、どっかで値を張り合うたとか、近江屋はんが売り手を誑《たら》し込み、強引に入手してしまったとかの因縁どすか。茶湯の茶碗には、たとえば喜左衛門井戸《きざえもんいど》のように、暗い因縁話が仰山ありますさかいなあ」

一人が小声でささやいた。

喜左衛門井戸とは、いまは大徳寺・孤篷庵《こほうあん》の什物《じゅうもつ》となり、国宝に指定されている大名物《おおめいぶつ》、朝鮮の井戸茶碗を指していた。

この茶碗は当初、難波《なにわ》の商人竹田喜左衛門が所持していたため、その名が冠せられた。

後に本多能登守《のとのかみ》忠義に奉《たてまつ》られたため、本多井戸とも呼ばれる。

寛永《かんえい》十一年（一六三四）、本多氏が大和郡山《やまとこおりやま》に移封《いほう》されるに当たり、この茶碗は泉南の数奇者中村宗雪の手に移った。さらに宝暦《ほうれき》元年（一七五二）、塘《つつみ》氏の所有するところとなった。

この塘氏なる人物は商人だったらしいが、商売に失敗して没落し、一家は離散した。だがかれはこの茶碗だけは手放さず、やがては京都・島原遊廓の轡者《くつわもの》となった。顔にひどい腫物を病み、覆面をして嫖客《ひょうかく》を呼び込んでいたと伝えられている。

轡者とは、轡屋、忘八屋《ぼうはちや》ともいわれる遊女屋の男衆《おとこし》であった。

塘氏はこの井戸茶碗を袋に入れ、首にかけていた。黒い布で顔を覆い、廓の下働きをしていたかれは、茶碗を手放せばどんな贅沢な暮らしでもできるとわかりながら、それを売ろうとはしなかった。

この喜左衛門井戸への強い愛着は、執念ともいえ、塘氏が嚮者と人から蔑《さげす》まれて死ぬまでずっとつづいた。

かれの死後、この茶碗は安永《あんえい》年間（一七七二—八一）、松平不昧《ふまい》の所有となり、かれは蔵品中の大名物の部にこれを入れた。

永代大切に伝えるよう、世子《せいし》の月潭《げったん》に遺誡《ゆいかい》して没したが、古来この茶碗を所持する者は、腫物を病むという不吉な噂が付きまとい、不昧もたまたま腫物を病んだため、夫人の彭楽院《せいらくいん》はこれを手放すよう望んだ。

だが果されないまま、次いで月潭もまた腫物を患ったため、彭楽院はついに喜左衛門井戸を大徳寺の孤篷庵に寄進してしまったという曰く付きの茶碗だった。

「喜左衛門井戸の因縁譚《たん》どすか――」

これをきかされた男はぽつんとつぶやいた。

もう初釜の席は、茶湯どころではなく、近江屋七右衛門と菱屋茂兵衛との間に、激しく火花が散っているようだった。

広い座敷に再び緊張がみなぎった。

「ちょっと近江屋はんにおたずねいたしますけど、この野楽の茶碗、どこで手に入れはりました。いましっかり改めさせていただきましたけど、これはわたしが所持する茶碗で、どこにも売った覚えはございまへんえ」

菱屋茂兵衛の口振りはいつになく強く、明らかに相手を咎《とが》めていた。

「そ、その野楽が菱屋はんのもの。ど、どこで手に入れてきたと、いきなりのおたずねどすけど、そ、それは迂闊にはいえしまへん」

「わたしが所持してるものが、どうしてここにこうしてあるのかと、たずねているんどす。それは迂闊にはいえしまへんやろなあ」

「菱屋はん、おまえさまは満座の中で、わたしに恥をかかせるおつもりどすか――」

「いや、そんなつもりは少しもございまへん。そやけど考えたら、そないになるかもしれまへんわなあ。この際、はっきりいわせてもらいます。近江屋はん、おまえさまが茶会のたびに取らはる狡い方法は、ここにいてはるお人たちの何人かが、ご承知のはずどす。あっちこっちの茶道具屋から、買わせてもらうかもしれへんというて、ええ茶碗を持ってくる。茶会で使った後、すぐ気に入らんさかいと返さはることどすわ。恥をかかせるつもりなんかありまへんけど、それをまず断っとかななりまへん。この野楽の茶碗は、確かにわたしのもの。突抜町の茶道具屋柊屋へ仕覆を取り替えるため、出しておいた品どすわ」

「仕覆の取り替えに――」

「そうどす。それを近江屋はんは何も知らんと、この初釜で使う気にならはった。買わせてもらうかもしれんというて、持ってお帰りになったんどすやろ。お使いになったうえ、また気に入らんからというて、お戻しになりますのやろ」

菱屋茂兵衛は遠慮なくいってのけた。

「そ、そんなつもりはありまへん。確かにこれは、突抜町の柊屋から買うてきた茶碗どす」

「そしたら幾らで買わはったんどす。それをきかせておくれやすか」

茂兵衛はずけっとたずねた。

「そんなんまで、おまえさまにいわなあきまへんか」

「わたしがおききするのは、その野楽を柊屋に売った覚えがないからどす。幾らで買うたのか、すぐに答えられへんのは、いつものやりようで、銭も払わんと持ち帰らはったからどっしゃろ。そんなん毎度毎度、うまくいくとは限りまへんえ。悪い了見は、やっぱりどこかで露見するもんどすわ」

「わたしは柊屋の親父《おやじ》が、かましまへんというたさかい、この野楽を持ってきただけどす。親父にどんな腹づもりがあったのか、その真意と経緯《いきさつ》を柊屋に厳しくきいておくんなはれ」

「柊屋にきいたかて、解決にはなりまへん。柊屋の旦那は、近江屋はんが初釜に使わはるだろうことや、その悪い癖をよう知ってます。それだけに、何が起るかわからへんけど、一丁、腹いせにやったろと、思わはったのかもしれまへんなあ」

茂兵衛は七右衛門を嘲笑《あざわら》うようにいった。

「わたしはこの野楽の茶碗を、ほんまに買う気でいてましたわ」

「ご冗談どっしゃろ。わたしが売った覚えのない茶碗なんか、買えしまへんがな。売る気は全くありまへんさかいなあ。さあ、どうしはります。いっそわたしが柊屋に一万両で売るというたら、その額で買わはりますか――」

「柊屋の親父は目を病んでおり、わたしに何を摑ませおったのか、理《わ》由《け》がわかりまへん。もうこうなったら町奉行所に訴え出て、公正なお裁きをお願いしななりまへん」

近江屋七右衛門は、一万両といわれて言葉に詰まり、激昂してわめいた。

「これ近江屋はん、おまえさまは何をいわはりますのや。これは呉服問屋仲間の内々の揉め事。町奉行所に訴え出て始末を仰ぐのは、年寄役筆頭のわたしが許さしまへん。ほかの年寄役のお人たちも、同じ意見どっしゃろ。これからゆっくりその柊屋の旦那に事情をきき、この問題は内輪で片付けまひょ。それをしっかり承知しておいておくんなはれ」

瀬戸屋吉兵衛の大声に、数人の客がうなずき、座敷のざわめきがしんと静まった。

炉に据えられた古天明の釜から、湯気が盛んに立っていた。

床の間の筒花生に活けられていた椿の花が、ぽとりと落ちた。

四

今日もまた朝から雪がちらついていた。

月日が経つのは早く、正月は誰もが慌《あわただ》しい感じで、すぐすぎていった。

「ほんまにもう二月になってしもうたんやなあ」

二月一日の正午すぎ、姉小路突抜町の柊屋では、主の善左衛門が竹次郎につぶやいていた。

「旦那さま、歳月人を待たずといいますさかいなあ。一月は去《い》ぬという俗言通りどした」

竹次郎が、火鉢に手をかざしている善左衛門に答えたとき、二挺の町駕籠が店の前に止まった。

お店者《たなもの》らしい初老の男が、慇懃《いんぎん》な物腰で店に入ってきた。

「おいでやす――」

廃業するため、品物の残り少なくなった店の棚にちらっと目を這わせ、前掛けを締めた竹次郎は、初老の客を丁重に迎えた。

表で待つ二挺の町駕籠。それからして、物を買うため訪れた客ではないと咄嗟《とっさ》に考えた。

「どうさせていただきまひょ」

それでも竹次郎は、ちょっと戸惑いながらかれにたずねかけた。

「はい、わたくしは忠蔵《ただぞう》ともうし、室町の呉服問屋仲間の会所で、働いている者でございます。突然のことながら、問屋仲間の年寄役筆頭の瀬戸屋吉兵衛さまのお指図でうかがいました。柊屋の旦那さまの善左衛門さま、ならびに奉公してはる竹次郎はんといわはるお人に、まことにご無礼ながら、問屋仲間の会所までお越しいただくため、駕籠を用意してまいったのでございます」

忠蔵と名乗った初老の男は、また慇懃に頭を下げ、使いにきた口上をのべた。

「わ、わたしと店の旦那さまにどすか――」

あまりにいきなりの迎え。その言葉をきき、竹次郎は狼狽気味にたずねた。

「はい、さようでございます」

室町筋では、年寄役筆頭の瀬戸屋吉兵衛の名を知らない者はなく、一種、権力者にもひとしかったからである。

「旦那さま、どないにさせていただきまひょ」

竹次郎は火鉢の縁から手を離し、使いの口上をきいていた善左衛門にたずねた。

「瀬戸屋吉兵衛さまから、空駕籠《から》まで用意してのお迎えやったら、出かけんわけにはいきまへんわ」

かれは仏頂面でいい、中暖簾を振り返った。

「おいお稀世、わしと竹次郎はこれから呉服問屋仲間の会所まで行ってくるさかい。わしの羽織と新しい足袋《たび》を出してくんなはれ。古びた足袋のまま、年寄役筆頭さまに会えしまへんさかい」

「室町筋の年寄役筆頭さまが、なんのご用どっしゃろ。うちのお客さまではありまへんわなあ」

「そんなん、わしが知るかいな。早う仕度してくんなはれ。それに後の店番を頼みましたよ」

　善左衛門はお稀世に素っ気なく答えたが、内心では用件を察していた。胸の中でいよいよきたな、近江屋七右衛門が先月二十五日に催した初釜に、菱屋茂兵衛も招かれ、そこで用いられたに違いない野楽の茶碗をめぐり、ひと悶着起ったのだろうと思っていた。

　年寄役筆頭の瀬戸屋吉兵衛とは、一度も会ったことはないが、沈着な人物だときいている。かれは室町筋の呉服問屋の体面を考え、この一件を町奉行所には託さず、内輪で収めようとしているに違いなかった。

善左衛門はどこかほっとすると同時に、少し忌々《いまいま》しい思いでもあった。

自分が七右衛門に菱屋茂兵衛から預かった野楽の茶碗を、値段も決めずに手渡したのは事実だ。七右衛門がそれを初釜で用い、やがては気に入らぬからと、文句を付けて返しにくるのも予想していた。

かれが安堵と落胆、二つの間の複雑な思いでいるのは、この件が町奉行所の手に委ねられず、〈内済《ないさい》〉ですまされそうだからだった。

「わざわざ迎えの駕籠までご用意していただき、ありがたいことでございます」

それでも善左衛門は、駕籠の一挺に乗りながら、忠蔵に頭を下げて挨拶した。

「こんな寒い中、何を仰せられますやら。ご苦労さまでございます」

忠蔵は慇懃に答え、駕籠屋に委《まか》せず、自分で駕籠の垂れを下ろした。

室町筋呉服問屋仲間の会所は、烏丸錦小路の西に構えられている。

「会所にご到着いたしました」

駕籠が下ろされると、忠蔵が善左衛門の草履《ぞうり》をそろえてくれた。

かれに案内され、がっしりした普請の式台に上がる。竹次郎を従えた善左衛門は、そのまま奥の部屋に通された。

会所の庭には、五日ほど前に降り積もった雪が、まだ溶けずに残っていた。

奥は二十畳ばかりの大部屋。祇園祭のとき、ここで祇園囃子《ばやし》の稽古が行われることぐらい、善左衛門も竹次郎も知っていた。

広い部屋なのに、大火鉢が幾つも置かれ、暖かかった。

それでも、そこに瀬戸屋吉兵衛を中心にして横並びに坐る六人の年寄役たちは、一人ずつ小火鉢を抱え込んでいた。

部屋に入って坐ると、すぐ会所の女子衆《おなごし》が、二人に小火鉢とお茶を運んできた。

「柊屋善左衛門と店の番頭をしておりますす竹次郎でございます」

かれは年寄役筆頭の吉兵衛たちに向かい低頭した。

「ここにいるのは、室町筋呉服問屋仲間の年寄たちで、わたしは瀬戸屋吉兵衛といいます。突然、迎えの駕籠を行かせ、不躾《ぶしつけ》を勘弁しとくれやす」

「なんの、わたしみたいな古道具屋に、駕籠まで用意してのお迎え、恐縮でございます」

「そういうておくれやすと、気が楽になりますわ。硬くならんと、まあ、楽にしてくんなはれ」

吉兵衛の言葉に、ほかの五人の年寄役たちが、そうしておくんなはれと口々に勧めた。

いずれも六十以上の人物ばかりだった。

「へえ、ありがとうございます」

「ところで柊屋の善左衛門はん、本日わたしたちがここへおいでを願うた事情、お心当たりがございまっしゃろなあ」

「へえ、きっとあれのことやろと、思うてまいりました」

「あれのこととはなんや、まずきかせておくれやすか」

「野楽の茶碗のことでございまっしゃろ」

「そうどす。その茶碗の件で、ここにきていただいたんどす。すでにご承知だと思いますけど、先月の二十五日、近江屋七右衛門はんのところで、初釜が催されましてなあ。その席で、おまえさまが七右衛門はんに渡されたのか売らはったのか、はっきりせえしまへん野楽の茶碗が、自慢げに使われたんどすわ。そこには、菱屋茂兵衛はんも招かれておいでどした」

瀬戸屋吉兵衛はふっと息をつぎ、語りつづけた。

「それで野楽の茶碗をめぐり、ひと騒動が持ち上がったんどす。茂兵衛はんがここで用いられてる茶碗は自分のもの。仕覆を替えるため、柊屋に預けた茶碗やといい出さはりましてなあ。一方、七右衛門はんは、いやこの茶碗は、自分が柊屋から買うてきたものだといい張られました。そやけど、後で払うにしても、商人どしたら値段も決めんと買うて帰りまへんわいな。七右衛門はんは確かに茶湯がお好きどすけど、茶会を開くとき、茶道具屋からええ茶碗を上手に借り出さはる。そして茶会をすませると、どうも気に入りまへんと、平気で店に返さはりますわ。それぐらい素知らぬ顔をしているだけで、多くの人が知ってはります。それだけに、今度の騒動もこの伝《でん》に相違ないと思うてます。そやけど一時は町奉行所に訴え、ご裁可を仰ごうというまでの騒ぎになりましてなあ」

「そんなんでは、呉服問屋仲間の顔が潰れると、この瀬戸屋吉兵衛はんがお怒りになり、その場を収めはりました。それできのうまで、ここにいる年寄役が、七右衛門はんと茂兵衛はんから事情をきかせてもろうてたんどすわ。茂兵衛はんの答えはいつも明快どしたけど、七右衛門はんはのらりくらりと答えるばかりで、一向に確かな返事が得られしまへん。人の悪口は好きではありまへんけど、あのお方は吝嗇《けち》のうえ、口がお上手どす。そやけどあの茶碗のほんまの持ち主は、菱屋茂兵衛はんどっしゃろ。わたしらはこの騒動を穏やかに終らせとうおす。そやさかい、柊屋はんがどうして吝嗇な七右衛門はんに、ひょいと野楽の茶碗を渡してしまわはったのか、その真意をきかせてもらいたいと、こうして本日、会所にきていただいたんどす」

瀬戸屋吉兵衛の隣で、小火鉢を抱え込んでいた老爺が、善左衛門にたずねた。白髪の髷《まげ》を小さく結った、七十すぎの人物だった。

「そないまっすぐたずねられますと、答えにくうおすけど、その前にみなさまにきいていただきたい旨《むね》がございます」

「ほな、それからきかせておくんなはれ」

別の年寄役が善左衛門をうながした。

「はい、ではもうし上げます。わたしは今年で六十六になりましたけど、数年前から目を悪うしております。この五月、一人娘の稀世を晴明町の紙屋へ嫁入りさせますさかい、その後、廃業しようと決めていたんどす」

「へえっ、目の悪いのはお気の毒どすけど、可愛い娘はんが紙屋に嫁がはるのは、目出度いことどすなあ。そしたら、おまえさまと一緒にここへきはった店のお人は、どないしはるんどす」

「はい、すでに同業者に話を付け、そこに奉公させていただき、もう少し修業させてもらうことになっております」

「それはなんや変な話どすなあ」

「その話は後回しにして、善左衛門はん、目を悪うしてるさかい、近江屋はんに間違えて野楽の茶碗を渡さはったんどすか」

かれにきいたのは瀬戸屋吉兵衛だった。

「瀬戸屋の旦那さま、それは違います。わたしは茶碗が菱屋はんのものやと承知で、近江屋はんにお渡ししたのでございます」

善左衛門はきっぱりと答えた。

「それはどうしてどす。なにかの腹づもりがあってどすか――」

「はい、渡したときには、茶会で使うたうえ、いずれは気にいらんと、戻してきはるやろと思うてました。もし戻してきはらんと、それを知った菱屋はんがお怒りになったら、わたしは全財産を菱屋はんにいただいてもらい、それでも不足なら、町奉行所に訴えておくれやすというつもりどした」

「どうしてそないにまで考えはったんどす」

「わたしの店は茶道具屋というても、古道具屋も同じどす。小さな商いどすけど、それでも商人としての意地がございます。近江屋はんはうちの柊屋だけではなく、あちこちの茶道具屋から、たびたびええ茶碗を借りて行かはり、毎度毎度、茶会に使うた後、やっぱり気に入らんと戻してこられます。いくらなんでも、そないな横着は許せしまへん。今になって考えると、どうせ廃業するのやさかい、ええいどうにでもなれとふと投げやりになり、相手をどづく（殴る）つもりで、渡してしもうたんどす」

「その気持、わたしにはようわかります。扱うている商品や店の大小は違うても、同じ商人どすさかいなあ。そないな意地、よう察せられますわ。それをきき、よくぞしはりましたと、褒めたいくらいどす」

吉兵衛の横の老爺が声を高くしていった。

「それをおききしたら、話はもう付いたようなもんどすなあ。後の処置はわたしたちを信じ、委せていただけしまへんか。決して悪いようには計らいまへんさかい」

瀬戸屋吉兵衛が、善左衛門に頭を下げていった。

「なにもかもそれでよろしゅうおす」

「そやけど先《さつき》の話、店に奉公してるそこのお人を、どうして同業者の許に預け、廃業しはるんどす。娘はんは惚れた相手と夫婦にならはるんどすか」

老爺の年寄役が、話をまた引き戻した。

「いいえ、仲人口での嫁入りでございます」

「そしたら柊屋はん、これはちょっと筋が違いはしまへんか。そこにおいやす若いお人は、一見しただけでも誠実そうで、先の見込めるお人やと、わたしは思います。どうしてそのお人を、愛娘はんのお婿はんに迎えへんのどす。廃業なんかせんと、二人に委せて柊屋をつづけていこうとは考えはらへんのか。そこがわたしには、どうも腑に落ちしまへんなあ。その理由《わけ》をきかせとくれやすか――」

かれは腹立たしげな声で力んだ。

「はい、それには深い理由がございまして――」

善左衛門はここで言葉を濁らせた。

「深い理由とは、どんな理由どすな。今度の一件の根幹にも関わりますかい、それをきかせておくんなはれ。いや、どうしてもきかせてもらわな、わたしはここからおまえさまを帰さしまへんえ」

「わたしにそれを、どうでもいえといわはるんどすか――」

「ああ、年寄りの一刻《いっこく》。長い間、室町筋で商いをしてきた者として、是非ともききとうおすなあ」

「そしたら打ち明けななりまへんけど、わたしのそばにひかえている奉公人は竹次郎といい、東九条村から柊屋へ奉公にきた男どす。この竹次郎の母親はお絹といい、わたしの死んだ妻どした。お絹は一度嫁いで竹次郎を産んだもんの、若くして夫に先立たれ、その後、幼い竹次郎を姉夫婦に預け、わたしの許に嫁いできたんどす。つまり竹次郎と柊屋の娘は、父親が違う兄妹になるわけどす。二人は今まで何も知らんと、それでもほんまの兄妹みたいに、仲良う暮らしてきました」

かれの言葉に驚いたのは竹次郎だった。

「だ、旦那さま——」

かれはそれだけいい、絶句した。

そういえば柊屋へ奉公にきてこの方、妙だなと思うことがたびたびあった。父親は違っていたとて、兄妹が夫婦になれるはずがない。お稀世との別れは、善左衛門の苦肉の策だったのである。

「そういう理由どしたら、娘婿にというわけにはいかしまへんなあ。世の中にはままにならんことが多おすわ。それなら仕方おまへん」

老爺の年寄役はがっくり肩を落とし、声をひそめた。

その後、善左衛門と竹次郎は、再び用意された町駕籠で店に戻ってきた。

ろくに視線も合わせず、どちらも気詰まりな顔で店に入ったところ、そこにとんでもない客が待っていた。

お稀世が嫁ぐはずの紙屋・高松屋のある晴明町の町役が、この祝言を取りやめ、なかったものとしていただきたいと、伝えにきていたのだ。

「室町筋の大きな呉服問屋の旦那さまに、人から預かった茶碗を売ってしまうようなお人の娘はんを、うちの嫁にするわけにはいきまへん。この際、祝言はお断りしたい、というておいやすのどす」

晴明町の町役は、昏い表情で善左衛門に伝えた。

騒ぎの本質を深く考えない軽薄な人物が、迂闊にもこれを高松屋の耳に入れたのだろう。

「それならそれでよろしゅうございます。結納としていただいた品々は、ひと括《くく》りにして持ち帰っておくれやすな」

竹次郎が床《とこ》に飾られていた結納品を、手早く大風呂敷にまとめた。

「なんやこれでわしは気が晴れ、生き生きとした気分になってきたわ。目の悪いのも、治ったみたいやわい。竹次郎、おまえはわしの息子なんや。どこにも奉公に行かんと、お稀世とこの柊屋を継ぎ、商いをしていかへんか。わしも山崎に戻るのを止めにするわ」

「へえ、喜んでそうさせていただきます」

竹次郎は明朗な声でうなずいた。

お稀世はなんとなく不審に思っていただけに、竹次郎が実は兄だときかされても、さして驚かなかった。また紙屋の息子との話が破談にされたことも、自分でも呆れるほど冷静に受け止められ、衝撃を覚えなかった。

翌日、瀬戸屋吉兵衛から、野楽茶碗の一件についての報告が寄せられた。

近江屋七右衛門は親類一同相談のうえ、隠居することになった。さらに呉服問屋仲間に百両の制裁金を払わされ、近江屋の当主は永代、年寄役には就けないとの処置が科せられた。

制裁金のうち五十両が、迷惑料として柊屋に手渡された。

野楽の茶碗は当然、菱屋茂兵衛の手に戻ったが、後日、かれはそれを持参して柊屋を訪れた。

「柊屋はん、えらい隠しごとをしてはったんどすなあ。これからは兄妹そろって店をやっていかはる。喜ばしいことどすがな。またええ物を買わせておくんなはれ」

かれは善左衛門にというより、竹次郎にこうのべ、新たな門出の祝いとして、かれの膝許に野楽の茶碗を無造作に置いていった。
外ではやっぱり雪がちらついていた。

危《あぶ》ない橋

一

正月がすぎ、呉服問屋が軒を連ねる室町筋にも、茶道具屋「柊屋《ひいらぎや》」が店を構える突抜町《つきぬけちょう》の商家にも、いつもの賑わいが戻っていた。

今日は朝から快晴に恵まれ、春めいた日になりそうだった。

「おはようございます」

雑巾《ぞうきん》で店の表の千本格子を拭いていたお稀世《きよ》は、町内の顔見知りが通りかかるたび、手まり髷《まげ》の頭を下げ、挨拶をしていた。

「お稀世はん、毎朝毎朝、そないに千本格子を拭いてはって、ご苦労さまどすなあ。手が冷とうおっしゃろ」

「へえ、そら冷とうおす。けどうちみたいな店は、ろくな道具が置かれていいしまへんさかい、せめて表だけでもきれいにしておかな、お客はんが覗いてくれはらしまへん」

お稀世は尤《もっと》もらしい顔で応じた。

「そんなもんかいなあ。そやけど柊屋はんは、茶道具商と書かれた暖《の》簾《れん》を上げてはりますがな」

「それはうちのお父はんが、焼き物が一番好きどすさかい、そないな暖簾にしはったんやと、うちはきいてますけど——」

お稀世は最後にこう答えた。

相手は納得できたような、そうではなさそうな面持ちで、その場から去っていった。

種々雑多な古道具を指して骨董品《こっとうひん》という。

美術的、また希少価値のある古道具や古美術品は、当初、古道具屋とか骨董屋といわれる商人たちによって扱われたが、かれらにすべての善し悪しのわかるはずがない。それらの識別には一応、小史めいた経過がある。

鑑定家の第一に挙げるべきは、歴代足利将軍家に近侍した阿弥衆《あみしゅ》といわれる同朋衆《どうぼうしゅう》だろう。

特に唐物《からもの》の鑑定と座敷飾りに関する秘伝書『君台観左右帳記《くんだいかんそうちょうき》』を編んだ相阿弥《そうあみ》は、祖父・能阿弥《のうあみ》、父・芸阿弥《げいあみ》の三代にわたって足利将軍家に仕え、自分たちも優れた絵を描いていた。

戦国の世をへて桃山時代になると、古筆了佐《こひつりようさ》が現れた。かれは近江《おうみ》の人、本名は平沢弥四郎といった。近衛前久《このえさきひさ》に書画の鑑定を学び、古筆鑑定を家業とするまでになった。

関白豊臣秀次に仕え、かれから「琴山」の金印と「古筆」の姓を与えられ、平沢から古筆と姓を改めた。

こうして古筆家《け》は昭和に至る十五代まで、厳然とつづいていた。その歴代の中から、神田・朝倉・蔵田・大倉・小林――といった書画の鑑定家たちが生み出され、それぞれ一家をなした。

この間に見巧者《みごうしや》が各地に現れたのはいうまでもない。明治末に至ってようやく美術史研究が、日本で本格的に始まり、現代の殷盛《いんせい》を迎えるのである。

江戸時代、泰平の世になると、職種として最初に独立した商いを始めたのは、やはり刀剣商。中期以降から茶道具屋が現れたが、かれらは古筆家や見巧者に頼って商いをしており、決して専門的ではなかった。

茶道具をふくめ、多種多様な骨董品をすべて細かく専門的に識別できる人物は、今もっていないのが実情で、もともと不可能な世界なのである。

この業界はそれほど奥深くて多彩。また美と欲、更には名誉や地位が複雑・重層的に絡み合って動いているのだ。

お稀世は遠ざかっていく町内の顔見知りの後ろ姿をちらっと眺め、

また雑巾を水桶に浸し、濯《すす》ぎにかかった。

そのとき、上から不意に声がかけられた。

「ご免くだされ。柊屋のお女中どの、番頭の竹次郎《たけじろう》どのはおいでになりましょうか」

穏やかで優しげな声だった。

お稀世が身体《からだ》を起してみると、年は二十七、八歳。きりっとした面立ちの若い武士が立っていた。

「は、はい。兄《あに》さまならおりますけど——」

父親の善左衛門《ぜんざえもん》が身を入れて薫陶《くんとう》してきた番頭が、実は異父兄だとわかってから、彼女は竹次郎を兄さまと呼ぶようになっていたのであった。

青天の霹靂《へきれき》といえるこれも、いまでは何の違和感も覚えなくなっていた。

「おやおや、そなたはお女中どのではなく、柊屋の娘御。竹次郎どのの妹御でございましたか。いや、これは失礼をいたしました」

若い武士はちょっと驚いた表情を見せ、お稀世に一礼した。

「それがしは美濃大垣藩《みのおおがき》・戸田采女正《うねめのしょう》さまの家臣で、京屋敷で賄役《まかないやく》頭《がしら》を務めている大倉藤兵衛《とうべえ》ともうす者でございます。竹次郎どのがおいでなれば、何卒、お取り次ぎのほどをお願いもうし上げまする」

いやに鯱張《しゃちほこば》ったものいいをする武士だ。

兄に用ならさっさと店に入り、竹次郎はいるかと声をかければ、それですむのではないか。お稀世は一瞬そう思ったが、相手の慇懃《いんぎん》な態度に悪い気はしなかった。

「はい、そしたらどうぞ、お入りになっておくんなはれ」

彼女は前掛けで素早く濡れた手を拭い、大倉藤兵衛と名乗った若い武士を、店の中に案内した。

だが店の帳場には、父善左衛門も兄竹次郎の姿もなかった。

「どうぞ、火鉢のそばにでもお上がりくださいませ」

かれに丁重に勧め、お稀世は土間を奥へと急いだ。

何か胸騒ぎがしてならなかった。

「兄さま、お客さまがおいでになりましたえ」

大声を出すまいと思いながら呼んだはずだが、やはり大声になっていた。

奥の板庇《いたびさし》の下では、父親の善左衛門が客から持ち込まれたさまざまな古道具の仕分けをしているところだった。

「お父はん、兄さまがいはらしまへんけど――」

周りを見回し、お稀世は訝《いぶか》しげな顔で告げた。

「竹次郎なら今店の表に出て行ったで。慌てたようすで、いったい何があったのや」

「へえ、美濃大垣藩の大倉藤兵衛いわはるお武家さまが、兄さまになんや用があるというて、訪ねてきはったんどす」

「美濃大垣藩のお武家さまやと。竹次郎の奴、そのお武家さまに何か咎められるような不始末を仕出かしよったんやろか――」

「いいえお父はん、お武家さまのようすからは、そんな具合ではありまへん」

「お稀世、おまえは近頃、何かと竹次郎を庇いよる。けど世の中では、いつ何が起るかわからへんのやで――」

「お父はん、うちが兄さまの身を案じるのは、あたり前のことどっしゃろ。それがどうしてあかんのどす」

「まあ、そないに力《りき》まんときなはれ。あの竹次郎のこっちゃ。人から咎められることなんか、何もしてへんわい。安心してたらええのや。それにしても、竹次郎は店の表に行ったはずやけどなあ。おまえ、ちょっと覗いてきなはれ」

善左衛門にいわれ、お稀世は急いで店の表に向かった。

長い土間を通るとき、内井戸からぽちゃんと水の垂れる音が、妙に高くひびいてきた。

それがまた彼女の不安をあおった。

ところが店に戻ってみると、若い武士と兄の竹次郎が、火鉢のそばで何やら楽しげに話をしていた。

「兄さま――」

「ああ、お稀世か。わたしたちに熱いお茶を出してくれまへんか」

竹次郎は機嫌のいい顔で彼女に頼んだ。

ああよかった、悪い話ではなかったのだ。お稀世ははいと明るい声で答え、台所に戻った。

店では火鉢のかたわらで向き合う、竹次郎と大倉藤兵衛とのやり取りがつづいていた。

「大倉さま、そんな金、折角ではございますけど、いただくわけにはいかしまへん」

「されどそれがしとしては、受け取ってもらわねば困るのじゃ」

「何も困らんでもええのではございまへんか。わたしは大倉さまに頼まれましたさかい、一生懸命、ええ壺を探しただけでございます」

竹次郎はとんでもないといいたげな口振りで、目前に置かれた白い紙包みを、藤兵衛の膝許に押し戻していた。

その紙包みには、二両納められているとの言葉だった。

「竹次郎どの、それはそうだが、あの信楽《しがらき》の壺をそれがしから四両で買い取られたお人は、そなたにも半分、感謝の気持ゆえ渡していただきたいといわれたのじゃ。本来ならそれがしが受け取った四両のすべてを、そなたに手渡したいのだが、それはならぬと念を押されてなあ。それがしは商人ではなく、これでも武士。はなはだ困惑している次第なのよ。そこを汲み、どうぞ受け取ってもらいたい。この通りじゃ」

藤兵衛は竹次郎に深く頭を下げて懇願した。

茶道具や絵の売買に関わっていると、それらが一種の権威、または荘厳を演出する道具だけに、意外に諸家の懐具合が、なんとなくわかるものである。

大垣藩が今天明《てんめい》の大飢饉のため財政が逼迫《ひっぱく》し、家臣の一部に永御暇《ながのおいとま》を与えるべきかどうか、老職たちの中で議論されているらしいことは、竹次郎の耳にも届いていた。

美濃大垣藩は十万石。延宝《えんぽう》八年（一六八〇）三代戸田氏西《うじあき》のとき、勝手向不如意のため、幕府の許可を得て、「何方に奉公相勤め、又は何方に住居仕《つかまつ》り候ても苦しからず候、勝手難儀に之なき刻《とき》、召し帰すべき」を条件として、家臣の整理を行った。

家臣の約一割に当たる百七十三人が、路頭に放り出されたのであった。

つづいて六代氏英《うじひで》の延享《えんきょう》四年（一七四七）七月から十一月にかけ、またも家中簡略のためと称し、家臣の淘汰がなされた。

その数は百七十七人に達した。

今度ひそかに噂されているそれが、富小路《とみのこうじ》二条下ルに構えられた同藩の京屋敷詰めの武士たちに動揺を与えているのも、竹次郎は知っていた。

それだけにかれは、藤兵衛が二両の金をすでに受け取っているのを、忸怩《じくじ》たる思いでいることもわかっていた。

もしかれにも永御暇が言い渡されたら、一番必要なのは金なのだ。その中で半分の二両を店に届けにきたところに、藤兵衛の潔癖さがよく表れていた。

先程から二人の口にたびたびのぼっている壺とは、信楽の小壺。俗に蹲《うずくまる》と呼ばれる小さな壺だった。

その小壺は、千家中興の祖といわれる千家三世の茶匠・宗旦《そうたん》が、鎌倉・室町の古様《ふるよう》を真似、網目を施し、ほとんど手捏《てびね》りで造った品。

「二」の字に似た花押《かおう》を、壺の裏底に箆《へら》で刻しているのを、竹次郎は承知で藤兵衛に手渡したのであった。

その壺の元値は二百文、雪沓《ゆきぐつ》一足の値段であった。それに竹次郎は二十文の儲けを付けさせていただいたと、藤兵衛に打ち明けていた。

壺の肌は紅梅色に焼け、肩から胴にかけ、山藍色《やまあいいろ》の釉薬《ゆうやく》がたっぷり掛かっていた。

大倉藤兵衛が懇意の禅僧法全《ほうぜん》にそれを見せたところ、かれはぎょっと驚いた。

「と、藤兵衛どの、これはただの蹲壺ではございませぬぞ。千宗旦さまが手捏りでお造りになった壺じゃ。裏底に篦で小さく刻まれた花押をご覧なされ。明らかに宗旦さまの花押。そなたはこんなものを、どこで見つけてこられたのじゃ」

法全は上ずった声でたずねた。

「それがしと妙に気の合う茶道具屋の番頭、いや息子からでございます。それがしは絵なら少々わかりまするが、焼き物は駄目。椿でも一輪、活けられる小壺をと頼んでおいたところ、それを屋敷に届けてくれたのでございます。その折、それらしいことをもうしておりましたが、やはりそうでございましたか――」

藤兵衛はさして驚いたようすもなく、さらっといってのけた。

「藤兵衛どの、不躾《ぶしつけ》なお願いじゃが、その壺、是非ともわしに譲っていただけまいか。三両、いや四両。今わしが持っている金はおそらく四両。それをすべて吐き出す覚悟でお願いじゃ。どうぞ、譲ってくだされ」

法全は藤兵衛に両手をついて頼んだ。

「ご老師さま、有り金を吐き出して四両とは、いかがなものでございましょう」

「やはり十両か二十両出さねば、譲りかねるといわれるか――」

「いや、とんでもない。何かと親しくしている道具屋から、二百二十文で買うた壺。おそらく店でなら高く売れるのを承知で、それがしに元値近くで分けてくれたのでございましょう。いくらなんでも、四両では高すぎますわい」

「藤兵衛どのは二百二十文で買うた壺、四両では高すぎるといわれるのか」

「はい、それがしは武士でございますれば――」

「そしたら残念じゃが、この壺をあきらめねばならぬわい。そなたから十両二十両といわれたら、わしは何百日何千日でも托鉢して金をとのえ、譲っていただく覚悟でいたのじゃがなあ――」

吉田山の南の草堂で、かれはうなだれてつぶやいた。

「ご老師さま、もうしては失礼でございますが、十両二十両の金は一年や二年、市中を托鉢して廻ったところで、とてもできませぬぞ。それほどご老師さまは、この壺に魅せられましたのか――」

「ああ、抱きしめて寝たいぐらいじゃ。荒れたこの草堂でも、その壺に一輪の花が活けられていたら、どんなに心が慰められるか。いかに厳しい修行にも耐えられる心地じゃ。宗旦の花押が刻まれていなくても、それはそれだけ美しい壺じゃわい」

六十半ばすぎの法全は、しみじみとした声でいった。

焼き物好きに限らず、同じ好みを持つ者たちは自ずと集まり、入手した品を披露し、自慢し合ったりするものだ。

藤兵衛と法全の関わりは、小さなそれだった。

「さればご老師さま、その壺二百二十文でお譲りいたしましょう」

「いや、それなら断る。わしはそなたに四両でともうしたはず。四両でなければ譲って欲しくないわい」

「では四両でお譲りいたします」

「ありがたい。ただし四両は四両として、半分の二両を、そなたにその壺を探してくれた正直な商人に、渡してもらいたいのだが――」

老僧は独善的だが、至極、尤もなことをいい出した。

「かたじけないご配慮でございます。それがし必ずそのようにさせていただきます」

「わしの勝手をきき届けてくれ、まことにありがたい。ところで藤兵衛どのは、絵のほか焼き物などはわからぬといつもいうておられるが、そんなはずはあるまい。一流の物を見てそれがわかれば、焼き物でも善し悪しがなんとなく判じられるものじゃ。ご自分の物欲を強く制しておられるだけだと、わしは見ておるわい。良い物を手に入れるには、一に度胸、二に目、三に金が要るのじゃが、この三つを備えたお人は、まあ稀《まれ》じゃでなあ」

後の部分を少し省略し、藤兵衛はほとんどの経緯《いきさつ》を竹次郎に伝えた。

「この二両、吉田山の南の庵《いおり》に住んではるご老師さまが、是非ともわたしにというて、くれはったんどすか——」

竹次郎はこうなると、もう承知せざるをえなかった。

それにしても藤兵衛は、どうしてそれを黙って懐に入れてしまわないのか。かれの正直さにいささかの苛立《いらだ》ちとともに、銭金に替えられないすがすがしさを感じた。

「竹次郎どの、その通りでござる。受け取ってくださろうな」

「そしたらありがたくいただいておきます。それでちょっとおたずねいたしますのやけど、大垣藩ではご家臣さまに永御暇を与えるという噂が、一部でささやかれてますなあ。あれはほんまどすか」

眉をひそめ、竹次郎はたずねた。

「そのような噂がすでに立っているのか。それは残念ながらまことだわ」

藤兵衛は重い口調でうなずいた。

「それで今度、永御暇を与えられるのは、何人なんどす」

「おそらく六十人ほどではないかと、お留守居役の山村庄右衛門《やまむらしょうえもん》さまからきいておる」

「六十人、六十人ほどどすか。それはいつされるんどす」

「今年の末を目途《めど》に人選を始めるそうじゃ」

「それくらいの数どしたら、なんとか止《や》めていただくわけにいかしまへんのやろか」

「いくらそれがしが、藩祖正眼院（一西《かずあき》）さま以来の譜代衆とはいえ、たかが賄役頭。さような大事、それがし如きに止《と》められるはずがあるまい」

「そやけど、天明の不作いうても、今年は実りの多い年になるかもしれまへん。不作は何年もつづくものではありまへんやろ。藤兵衛さまとわたしが、力を合わせて金儲けをしたら、なんとかなるのとちゃいますか」

「金儲けだと――」

「はい、優れた書画を動かし、四、五万両の金を拵《こしら》えるんどす。この京にはとてつもない書画が、まだ仰山埋もれてます。そんなんを探し出し、台所の豊かな御三家さまや豪商に買うていただくんどすわ」

竹次郎はお茶を一口すすってつづけた。

「藤兵衛さまとは、よその古道具屋で出会ってもう五年の関係。言葉の端々から絵だけではなく、焼き物にも相当、眼識のあるお人やと見させてもろてます。京詰めは三代目、先代さまも先々代さまも、古画がお好きやったというてはりましたなあ。藤兵衛さまは有り体《てい》にはご存知ありまへんやろけど、みんながありがたがっている大寺のお坊さまでも、実態はそら酷《ひど》いものどっせ。何に金が要るのかわかりまへんけど、こっそり寺の什器を持ち出してきて、これを金にと頼まはることが、ときどきあるんどすわ。坊さまも男、女遊びでもしてはるんどすやろ」

竹次郎は藤兵衛の顔をじっと見据え、大胆な提案をした。

四、五万両とは途方もない大金。だが一幅の絵が千両二千両、物によっては一万両の高値で、大々名や豪商に買い取られていく例も、事実としてあったのである。

竹次郎の言葉をきき、藤兵衛はぐっと歯を食いしばった。

「兄さま、いまお戻りやしたお武家さまと、大変な話をしてはりましたけど、そんなんできるんどすか。うち、心配どす」

藤兵衛が店を去るのを見定めたお稀世が、早速、中暖簾から曇った顔を見せた。

「お稀世、おまえは案じんかてええ。竹次郎はとんでもなく正直でまっすぐな大倉さまに、惚れ込んだんや。わしかておまえたちにはいうてへんけど、大名や豪商たちが欲しがる唐画の一つ二つは持ってる。これも人助けやわ。竹次郎、やるだけやってみたらええがな。人に揉み手をした覚えのないわしやけど、大名家や豪商の許に出入りしている商人に、そうしてでも近づいたるわい。わしはわしなりに力を出させてもらうわ。当人たちは知らへんけど、京の寺々には、それは優れた古画や唐画が、まだまだ人知れず眠ってる。おまえやったら、それがどれだけの絵か、だいたいわかるやろ。そんなんを安う譲ってもらってくるんや。買い取る金なら出したるわい。尤も今すぐといわれたら、どれだけ用意できるかわからへんけどなあ」

善左衛門の言葉をきき、お稀世はほっと安堵の息をもらした。

二

今日も京の空は晴れていたが、空気は凜として冷たかった。

「お稀世、これから出かけてくるさかい、店番を頼むわなあ」

竹次郎は彼女に一声かけ、草履をはいた。

上等のきものを着て、足袋《たび》も新しいものであった。

「気を付けていってきておくれやす」

「ああ、ぬかりはあらへんわい」

お稀世に笑いかけ、竹次郎は店を後にした。

かれがまず行く先は酒屋か饅頭《まんじゅう》屋、それとも海産物屋だった。

海産物屋で小樽に入った海鼠腸《このわた》かからすみを買ったりする。高価だが、それらは酒の肴《さかな》として絶好の物だった。

焼いて匂いのするものは避けていた。

僧たちが自坊で酒を飲むとき、小坊主や下級の僧に気付かれない物を選んでいたのである。

甘い物の好きな僧には、決まって「虎屋」の羊羹か「銭屋」の饅頭を、用意して寺を訪れるのであった。

「ご免くださいませ――」

取り次ぎに出てきた小坊主には、紙に包んだ小銭をすかさず握らせた。

「ご院《えん》さまに柊屋の竹次郎がご挨拶にきたと、取り次いでおくんなはれ」

こうして何度か店に訪れたことのある僧の居間に案内されると、かれは風呂敷に包んだものを、ほんの手土産でございますといい、相手の膝許に進めた。

「このところすっかりご無沙汰をいたしており、ちょっとご挨拶に参上させていただきました」

商いは坊主に聞け——との言葉が、室町時代からあるが、何か企んで近づく本気の商人には、緊張の欠けた僧などとてもかなわなかった。

酒好きの僧なら、風呂敷の中が小さな酒樽だとすぐに嗅ぎ付ける。おまけに珍味の海鼠腸の小樽まで添えられていれば、すぐ酒を飲み始めた。

「これは旨い酒じゃわい。肴も気の利いた物を持ってきてくれた。寒い夜、これがあればぐっすり眠れる。まさに甘露の味だわ」

「ご院さまがそれほどお喜びになられるのどしたら、この竹次郎、また近々、お訪ねさせていただきます」

「おお、そうかそうか。そうしてくれればありがたい」

相手が酒を飲みながらあれこれ話をするうち、竹次郎はひそかにその腹を探っていた。

この寺の系譜はとっくに諳《そら》んじており、什器として何が、またどんな書画があるかぐらいわかっていた。

魚心あれば水心で、相手もただ挨拶にきただけだとは思っていまい。たびたび訪れれば、この品をこっそり金に換えてくれないかとの相談になった。

竹次郎は古刹《こさつ》といわれる有名な寺の幾つかに、こうした猛攻を盛んに仕掛けた。

「ご院さま、これは巨勢金岡《こせのかなおか》の書いた白衣《びやくえ》観音。こんな大きな物をわたしが持ち出したら、小坊主さまや納所《なつしょ》の方々に見られてしまいますがな」

「巨勢金岡がどれほどの絵師か、わしはあんまり知らぬわい。ましてや小坊主や納所坊主には、何もわかるまい――」

「そやけど――」

竹次郎はそこで巧みに躊躇《ためらい》をみせるのである。

「されば傷みがひどいゆえ表具を直すのだと、奴らにはいうておこう。いっそたびたびそうしておれば、何が何だかわからなくなる。やがて金にはならぬ一幅を、荘厳《しょうごん》に掛けておけばよいのじゃ。あるいは、ぼろぼろになった幾つかを修理するため、一つを売り払ったのだと、堂というてもかまわぬわい。寺の宝物庫の書画に関心を持っている僧など、ここにはおらぬのでなあ」

院主《いんじゅ》はそうまでいってのけていた。

巨勢金岡は平安時代の宮廷絵師で、巨勢派の始祖。仏画・山水・馬画を巧みに描き、畳一畳ほどの仏画になれば、状態によっては五千両から一万両で取り引きされる希少なものであった。

「それではこの仏画、わたしに譲ってくれはりますか」

竹次郎は大胆に切り出した。

「譲ってもよいが、値段はいかほどでじゃ」

ここで相手の僧は目をきらっと光らせた。

「はっきりいうて、表具も箱も仕替えななりまへん。またこれだけの仏画を、ひょいと買わはる相手は少のうおす。間に何人も人を立て、あちこちに当たらなならず、そんな人たちの取り分も、含めておかななりまへん。あれこれ考え、わたしが精一杯出せる金は百五十両。次第によっては、持ち込みになる恐れもありますさかい、それだけの覚悟を付けな引き受けられしまへん」

「百五十両か。二百両もらいたいところじゃが、まあよしとするか」

院主はあっさりいってくれた。

よほど金が入用なのに違いないと、竹次郎は見ていた。

大きな寺院には、寺務を管理するため三種の役僧がいる。上座《じょうざ》・寺主《じしゅ》・都維那《ついな》、または寺主・知事・維那といわれる僧侶たちだった。

竹次郎はそんな役僧たちにも、実に巧妙に取り入った。

かれらの身許が知れぬように配慮した上で、祇園の色茶屋などに駕籠でくり込ませ、懐柔につとめた。

一幅の絵を売り払って旨みを覚えた相手は、安易になり、必ずまた次もとなる。

大枚の金をはたいて自分で買ったものではなく、寺が無造作に何百年も前から蔵していたものだけに、手放すにもさほど気が咎めなかった。

寺によってはこうした仏画や山水画、人物画などが、五十幅、百幅を超えるほど蔵されたままなのも珍しくなかった。

これらの書画はいつかの時代、深い信仰を持った者が多く寄進したもので、院主には何の思い入れもない品ばかりであった。

「竹次郎、おまえ、どえらい仏画を出してきたんやなあ。いったいどこのお寺さまからなんや」

かれが買い受けてきた巨勢金岡の仏画を、座敷に広げてみて、善左衛門は驚嘆の声を上げ、竹次郎の顔を眺めた。

「お父はんにもあまりいいとうおへんのや。出してくれはったお寺さまとの約束もございますさかい。きかんといておくれやす」

「そらそうやろなあ。この商いは秘密にせないかんところは、どこまでも黙ってななりまへん。おまえが明かしたがらんのも、ようわかります。まあ、ある豪商からとしておきまひょ」

「お父はん、そう思うていておくれやす。柊屋の番頭として修業させていただくかたわら、わたしはわたしで仕入れ先の目途、売り先の目途も少しは付けておきました。けど最初からこうまでうまく行くとは、思うてもいまへんどした」

「この商い、金を欲しがる方が負けなんやわ。坊はんいうのは、ご先祖さまの位牌を信者から質に預かり、利子で食うてるようなもので、宗派での位が高うても、信仰の浅い坊はんは甘いもんや。小坊主の頃から厳しい修行をつづけ、石部金吉できたもんの、一度その箍《たが》がゆるむと、もう後には戻られへん。女子《おなご》でも抱いて味を覚えたら、それにしがみ付き、ひどいことになります。世の中でちょいちょい見かける仏画は、いずれもお寺はんからそんなふうにして流出した物やろなあ」

「わたしが目を付けたお寺さまは二つ。そこからはまだ仰山、古い仏画が出てくるはずどす」

「おまえ、まさかの時を考え、売り渡し証文ぐらい取ってるやろなあ」

「はい、それはきちんといただいてます。そやけどお父はん、もしそんなんが露見したかて、本山は世間体を憚《はばか》りますさかい、大事にはならしまへんわ」

「それはわかってるけど、わしは念には念を入れておかなあかんというてますのや」

「そうどすなあ。それでこれまでに、画幅では百済河成《くだらのかわなり》・詫磨為氏《たくまためうじ》、墨跡では嵯峨天皇・小野道風《おののとうふう》・藤原佐理《すけまさ》、時代が下って鎌倉時代になると、藤原隆信・可翁宗然《かおうそうねん》・詫磨勝賀《たくましょうが》なんかを、確かめさせてもらいました。名画名筆がわんさとございますわ」

「おまえ、わしが知らんうちに、どえらい目利になったもんやなあ」

「この店に奉公してからわたしは、絵が好きどすさかい、自分なりに古画を見る目を養ってきました」
「それはええことやけど、毎度毎度、百両二百両の金が要るとなると、わしだけではすぐ金が底をついてしまうわい」
「そやけど、その点はなんとかしておくれやす」
「まあ、高い値で売れる物があるのやさかい、おまえが奉公に行くと決めてた寺町《てらまち》御池《おいけ》の浄寿堂《じょうじゅどう》の旦那に、融通してもらうことも考えまひょ」
「それもそうどすけど、うちの表具の仕事をつづけてもらうため、ほかの仕事を引き受けんように、表具屋にしっかり約束してもらわなあきまへん」

「ええ仕事をする表具屋に約束してもらうにしても、先立つのは金や」

「ともかくお父はんには、金の算段をお願いします。これは一世一代の大博奕《おおばくち》を打つのと、同じどすさかい」

「わしにかてそれぐらいわかってるわいな。これでもわしは今、台所が豊かな大名家や大商人《おおあきんど》の許に、ええ品物を納めている浄寿堂はんみたいな茶道具屋に、頭を下げて近づいてます。まずわしが持ってる呉《ご》鎮《ちん》の『墨竹譜《ぼくちくふ》』や藤原定家の懐紙を、売る話を付けかけているんどすわ」

「あの呉鎮の墨竹譜をどすか――」

「これもおまえの心意気に打たれてや。そやけど大垣藩の永御暇の時期が早《はよ》うなったら、この企みは無意味になってしまうなあ」

「それ、それどすがな」

「おまえ、大倉藤兵衛はんにお会いして、現状をよう確かめておかなあきまへんえ」

「それなら藤兵衛さまに、今わたしが進めていることをすでに伝えてます。永御暇は秋やと、国家老さまから藩士の方々にはっきり伝えられているとききました」

「そしたら国家老さまは、藩士の誰に永御暇を与えるかまだわからへんけど、覚悟だけは付けておくようにと、いい渡されているんどすな」

「そうやと思います」

竹次郎は表情も変えずにいった。

呉鎮の『墨竹譜』は大名貸しで破産した大商人から、善左衛門がかつて入手した巻子《かんす》だった。

呉鎮は元《げん》末四大家の一人。字《あざな》は仲圭、号は梅（梅花）道人と称した。浙江嘉興《せっこうかこう》の人。性孤潔にして山水、墨竹に長じ、また詩や書をよくした。

竹次郎と善左衛門が膝を交え、こんな話をするまでには、すでに二つの古刹から巨勢金岡を始め仏画・山水画数幅が、竹次郎の手に渡っていた。

先の見込みは明るかった。

「お父はん、今夜は話をもっと詰めるため、藤兵衛さまに会うことになってます」

竹次郎はいくらか憂慮顔の善左衛門に断った。

「ああ、行ってくるがええわいさ。若い者は若い者同士。わしは余分な口を挟まへんさかい、何にしたところでしっかり話を詰めるのが大切どっせ」

「はい、わかりました」

竹次郎はもうしわけなさそうな顔でうなずき、その場にいるお稀世にも小さく笑いかけた。

七つ半(午後五時)すぎ、竹次郎と藤兵衛は大垣藩京屋敷をまっすぐ下がった富小路三条の小料理屋「富屋」の一室で顔を合わせた。

「竹次郎どの、さまざまご苦労をかけてすまぬことじゃ。家中の窮状にそなたまで巻き込み、もうしわけなく思うておる」

思いなしか藤兵衛は窶《やつ》れていた。

「何をいうてはります。藤兵衛さまが詫びはることはございまへんわ。わたしは商人として、やり甲斐のある仕事をやってるつもりどすさかい。今表具に出している巨勢金岡の仏画ができ次第、すぐ金に換え、お留守居役の山村庄右衛門さまにお届けします。山村さまには一時、国許に帰り、国家老さまにわたしたちがしている金策の一端でも打ち明け、永御暇の時期を少しでも先にのばしてもらうように、頼んでいただきます。数万両の金がそろったときには、それを中止してもらわななりまへん。大垣藩と何の関わりもないわたしが、どうしてこうまで熱心になっているのか、自分でも不思議に思うてます。要するにこれはわたしが、藤兵衛さまの人柄に惚れ込んでいるからでございまっしゃろ」

二人は同じ二十八歳。気性がなんとなく合っていた。

竹次郎は今しているすべてに、相手の腹を探ったり弱いところに付け込んだりしながらも、商人としての生き甲斐を本当に感じていたのである。

「それほどにいうてくれ、まことにありがたい。六十人余の家臣が、もしそれがしたちの手で永御暇を免《まぬか》れられれば、これほどの喜びはない」

「六十人余といわはりましたけど、その方々の家族を含めると、百人をはるかに超えるんどすさかいなあ」

「ところで早速だが、今夜それがしはここに二百六十両の金子《きんす》を用意してまいった。これを役立てて欲しいのじゃ」

藤兵衛は座卓の下に置いていた小さな金包みを取り出し、竹次郎に頭を下げた。

「二百六十両の金子。藤兵衛さま、これをどこで用立ててきはったんどす」

「それはどうでもよかろう。大垣藩と何の関わりもない柊屋が、金を拵《こしら》えるため苦労しているのを、坐して見ているわけにはいくまいがな」

かれはいつになく険しい声で、竹次郎を黙らせた。

「遅うなりまして——」

そのとき、富屋の仲居が酒と肴をようやく運んできた。

三

どこからともなく梅の花の匂いが漂ってくる。
暖かい春が、もう身近に感じられた。
店の奥で外出の身仕度をしていた善左衛門に、店の表からお稀世の大声がかけられた。
「お父はん、表具屋の坂田屋《さかたや》はんがおみえどすえ。早うきとくれやす」
彼女の声が弾《はず》んでいた。
お稀世はお稀世なりに、今柊屋で行われていることに、気を揉んでいたのだ。

「坂田屋の八兵衛《はちべえ》はんがきてくれはったんか――」

「へえ、そうどす」

「すぐ行くさかい、店に上がって待っててもらいなはれ」

善左衛門はお稀世に大きな声を返すと、忙しい手付きで帯を締めた。

全身がいきなりわっと熱くなっていた。

竹次郎は今朝早くから、親しくする浄寿堂に出かけ、留守であった。

善左衛門が身形《みなり》をととのえ店の表に向かうと、表具屋の八兵衛は、
お稀世の出した茶碗酒を旨そうに飲んでいた。

かれは仕事の最中でも、酒を欠かしたことがないほどの酒飲みで知られている。

「わしは酒が入ってってこそ、頭がぐっと冴え、仕事の手が器用に動くんじゃ」

かれは忠告めいたことをいわれると、いつもこう相手をやり込めているそうであった。

「これは柊屋の旦那さま、お稀世はんからこうして茶碗酒をご馳走になってて、すんまへん。塩を舐めながら飲む酒が、一番旨おすわ」

「そうかいそうかい。そこにある一升徳利から何杯でも好きなだけ飲み、残りは提げて帰っておくんなはれ」

八兵衛のかたわらに置かれる大きくて長い風呂敷包みに目を這わせ、善左衛門は機嫌よくいった。

逸《はや》る気持をぐっと抑え、座布団に坐り込んだ。

「旦那さま、巨勢金岡の白衣観音図、やっと仕上がりましたさかい、お届けにまいりました。古い絵本尊どすけど、思ってたより状態がよく、新たに色を彩《さ》すところは、ほとんどございまへんどした。この絵本尊、どうやら足利将軍さまの頃に、表具替えをされたようどすけど、それにしても中廻しや一文字《いちもんじ》、天地の裂《きれ》が、不思議に傷みが少のうおした。そやさかい、工夫してそのまま使わせていただきましたわ」

かれは茶碗の酒をぐっと飲み干し、邪魔な物をのけ、風呂敷包みを解《ほど》きにかかった。

表具は奈良・平安の昔は「装潢《そうこう》」といわれ、本来は経巻の表具を指し、掛物のことではなかった。

奈良時代、写経を行う人を写経師、それに必要な料紙に罫《けい》を引く専門職を経師《けいし》といい、かれらが経巻を仕立てたため、表具をする者を経師《きょうじ》、装潢手とも呼ぶようになった。

かれらが表具師といわれ始めたのは、慶長期（一五九六―一六一五）ぐらいからで、それ以前はだいたい「表補衣師《ひょうほえし》」といわれていた。高野山の「阿弥陀如来二十五菩薩来迎図」の軸木の銘文には、「天正十五年乙亥五月十五日表補衣師馬椙甚三郎秀昌」とあり、同時代の『神谷宗湛筆記《かみやそうたんひっき》』には表具の語が用いられている。

はっきり表具屋の名が出てくるのは、京都・吉田神社の『梵舜日記《ぼんしゅんにっき》』。ここに「元和《げんな》二年八月十九日　神竜院殿表補衣依損（中略）今日表具屋へ持遣也」とあるのが、初見であろう。

それまで絵の掛軸は「掛絵」、文字は「掛字」といわれていた。

相阿弥が文明《ぶんめい》八年（一四七六）に『君台観左右帳記』を録し、大永《だいえい》三年（一五二三）には『御飾記《おかざりき》』を記し、これらから今の書院飾りの約束ごとが定まった。

それまで表具の式《しき》はさまざまで、千利休の時代にその割出寸法がほぼ決められたのであった。

当時、有名な表具師として、奈良屋西順《ならやせいじゅん》がいた。

江戸期の寛永年間（一六二四―四四）には、建部宗由《たけべそうゆう》という名人がおり、かれは将軍秀忠の命を受け、幾多の墨宝名幅の表具を補修したそうである。『古今夷曲集《ここんひなぶりしゅう》』には、泉斎《せんさい》という名人がいたと記されている。

名人といわれるかれらは、息を吹きかければ塵埃《じんあい》と化すような絹本《けんぽん》の絵でも、実に巧みに補修するのであった。

天下一の称号は、足利時代、優れた工人の技を奨励するためのものだったが、織豊《しょくほう》時代以降には容易に許されなかった。江戸時代になると、濫称《らんしょう》する者が多くなり、天和《てんな》二年（一六八二）将軍綱吉は、ついにこの称号を禁止してしまった。

今、善左衛門の前で風呂敷包みを解いている坂田屋八兵衛も、往年なら名人といわれるほどの表具師であった。

「旦那さま、金泥《きんでい》で書かれた外箱の蓋《ふた》は、そのままがよろしいかと思い、傷んだ部分だけを箱屋に直させました。内箱も昔のままのほうが、数奇者《すきしゃ》には喜ばれますさかい、いじらしまへんどした」

かれはそういいながら、「白衣観音　巨勢金岡筆」と金泥で荘厳に記された外箱の蓋を開けた。

内箱から横幅三尺余、縦五尺五寸余の画幅を取り出した。

「その辺りを片付け、矢筈《やはず》を出しておくんなはれ。それにもうちょっとこちらにきておくれやす」

かれは厳しい顔付きになり、善左衛門とお稀世に命じるようにいった。

どの茶道具屋でも梁に高低をつけ、縦五、六尺の画幅なら掛けられる金具が、打ち付けられている。

八兵衛は左手で画幅をがっしり握り、右手で矢筈を摑み、画幅の掛《かけ》緒《お》を金具に掛けた。

そしてすっと身を退《の》かせた。

するとそこに、明るい月を背にした色鮮やかな白衣観音図が現れた。よほど高質な絵具が用いられ、また良好な状態で保存されてきたらしく、どこにも褪色《たいしょく》はうかがわれなかった。

「旦那さま、どうでございます――」

八兵衛が、白衣観音図に息をつめて見入っている善左衛門にたずねた。

「実にありがたく美しい観音図で、言葉もありまへんわ。もともと傷みは少のうおしたけど、洗いにかけ表具を直してもらい、神々しいほどになりましたがな」

「古筆家の極めはありまへんけど、これはまぎれもなく巨勢金岡さまが描かはった白衣観音図。絵の下のほうに童子が小さく描かれ、観音さまを合掌して拝んではりますがな。これだけ勢いのある仏画どしたら、こっちの言い値で大々名や豪商が買うてくれまっしゃろ」

表具師も名人の域に達すると、絵の鑑定ぐらいでき、古筆家より正確なほどであった。

かれらは絹本ならその絹の太さや粗さ、質などによって、紙本《しほん》なら紙の漉《す》き具合によって、どこのどの時代のものかを、明らかに感じ取るのだ。

同じ絵師の絵を、身近に幾つも見ているだけに、描線一本だけでその真贋《しんがん》を見破るまでになっていた。

「八兵衛はん、こんなに早う仕事を上げてくれはって、ありがとうおす。ここに竹次郎がいてたら、どれだけ喜びますやろなあ」

善左衛門は大きな溜息をついていった。

「柊屋の旦那さま、何を阿呆《あほ》らしいことをいうてはりますのやな。前金を五十両もいただき、表具代は別に払うといわれたら、励まななりまへんわ。どこの藩かまではきかされておりまへんけど、家中のお人が永御暇を出されんようにと、気張ってはる柊屋さまに比べたら、わしの仕事ぐらいなんでもありまへん。人の不幸を機会にして、儲けさせていただいているようなもんどすわ。今日から次の仕事にかかりますけど、今度の詫磨勝賀は少し手こずるかもしれまへん。そやけど安心していておくれやす。そう長々と悠長にやってまへんさかい。それにしても、竹次郎はんがいてはったら、どんなお顔でこの白衣観音図をご覧になりまっしゃろなあ」

八兵衛はこうつぶやきながら、空茶碗に手をのばした。

これだけの表具替えをすませただけに、かれはこころなしか少し窶《やつ》れていた。

「八兵衛はん、竹次郎は浄寿堂に行ってますのや」

「寺町御池の浄寿堂はんにどすか――」

「はい、そうどす」

「そしたら少し遠廻りになりますけど、わしが帰りに寄らせてもらいます。白衣観音図の表具ができたさかい、お店にお届けしておきましたと、お知らせしておきまひょ」

「ああ、そうしてもらえたらありがとうおす」

「では早速、行かせていただきます」

八兵衛は善は急げとばかり、土間の草履を拾い、これでお暇いたしますと出ていった。

今頃、竹次郎は浄寿堂の主《あるじ》嘉右衛門《かえもん》と、白衣観音図をどこに幾らで納めるか、相談しているに違いなかった。

一万両といっても高値ではない仏画である。

だがそれを、ぽんと買い取れる茶道具屋や富商は少ない。大名家に高価な道具類を納めている御用商人に、依頼しなければならなかった。

売り値は一万両としても、その御用商人の取り分を考え、それがあまりに高額なら、ほかの人物に当たると匂わせ、それでも相手の気分を害さないように、話を進めなければならないのだ。

更にほかの大物を売る話も、付けておく必要があり、そこに浄寿堂の取り分も含めての相談になる。

現在、一万両二万両の書画を数点買えるのは、徳川御三家の尾張・水戸・紀州藩と、財政に恵まれた数藩、限られた豪商だけであった。御用商人の何人かが、自分たちの話に乗ってきてくれたら、まず必要なのは賂《まいない》だった。

その額も、千両二千両を覚悟しておかねばならないだろう。

竹次郎に惚れ込んでいる浄寿堂の嘉右衛門は、あれこれ頭を働かせ、急を要する商いの策を練っているに違いない。その嘉右衛門にしたところで、竹次郎がずらりと口で並べ立てた名品の存在を、疑ってかかっている恐れもあった。

「柊屋の竹次郎はん、わたしがその仏画やほかの品物を、実際に見てからの相談にしてはいかがどす」

「事情があって急ぎますさかい、わたしとしては粗方《あらかた》の道筋を付けておきたいのどすわ」

「粗方の道筋をなあ。わたしはおまえさまを相当なやり手と見込み、柊屋はんから番頭として預かるつもりどした。それが義理の父子とわかり、びっくりしましたわ。どこから蔵出ししてきはったのか、たずねしまへんけど、ほんまに始めから大きな商いに手を出さはるんどすなあ」

「これは人助けのための商いで、店の儲けには、あんまりならんかもしれまへん」

「人助けとはどういう意味どすな。竹次郎はん、その理由をきかせなあかんのと違いますか」

浄寿堂の主嘉右衛門に強くうながされ、内密にするとの条件で竹次郎が、美濃大垣藩の大倉藤兵衛との関わりや、同藩が財政逼迫を理由に、六十人余の家臣に永御暇を出そうとしている事情を、縷々《るる》語っている。

そんな光景が善左衛門の胸裏をよぎっていた。

店の高い梁に、巨勢金岡が描いた白衣観音図が静かに下がっている。

表具師の八兵衛が急いで柊屋を辞していった後、お稀世は観音図に向かい、ずっと手を合わせつづけていた。

善左衛門にはその姿がひどく心に染みた。

お稀世は今何を祈っているのだろう。

異父兄の竹次郎と大倉藤兵衛が企んでいる一切が、無事に終えられるのを、観音さまにお願いしているに相違なかった。

いや、そう思い込みたいほど、善左衛門自身もこの進捗《しんちょく》に焦りを覚えていた。

自分はこの大きな商いを進めるため、相談に乗ってくれる同業者の許へ、予定通り、これから出かけるべきか。やはり白衣観音図の前に坐り、あれこれ迷っていた。

何千両何万両とは、それだけの品物があるにせよ、途方もない金だ。

今に浄寿堂から竹次郎が走り戻ってくる。

あの竹次郎、少しは明かしたものの、自分にはあまり話したがらないが、どうした手を使い、名品の絵を続々と蔵出ししてきたのか。

骨董屋、いまでいう美術商たちは絶対、仕入れ先や顧客を同業者には明かさない。それらを他人に奪われるのは、死活問題になるからだ。いつの間にそれだけの商才と、人との関わりを持つまでに至ったのか、それをたずねたかった。

長年、かれの商い振りを見ていながら、何も気付かなかった自分の迂闊さが悔やまれもし、またかれを頼もしく育てたことに、満足もしていた。

商品としての骨董を見る目を、かれにどれだけ養わせてきたことか。そして儲けを追うな、良い品物を追えとの教訓を、いつも垂れてきた。また売るにしろ買うにしろ、相手の懐具合を察し、人間というものをよく見てなあきまへんえと、いいつづけてきた。

善左衛門は竹次郎を薫育してきた記憶を甦《よみがえ》らせながら、白衣観音図をなおも見上げていた。

それにもう一つ、同業者に限らず、良き友を持たなあかんと幾度も諭してきた。

大垣藩の大倉藤兵衛が、良き友なのはわかっている。

だが難儀な友にすぐ転じてしまった。

禍福は糾《あざな》える縄の如し——という。

今後、これがどうなるのか、善左衛門にはやはり不安であった。

継子のかれを、息子として町年寄に届け出た。お稀世は兄として、町内の人々や町年寄、同業者たちは、柊屋の若旦那として認めてくれている。

善左衛門がこれまでの推移をぼんやり思い返しているとき、竹次郎が大きな息を吐きながら、店に帰ってきた。

「お父はん――」

一声叫び、竹次郎ははあはあと激しく息をついた。身体を曲げて膝に手を置き、息をととのえつづけた。

かれは、八兵衛が表具を直し替えてくれた白衣観音図が、そこに掛けられているのに、すぐには気付かなかった。

「竹次郎、浄寿堂へ八兵衛はんが寄ってくれたんやな」

「へえ、そ、それで急いで帰ってきたんどす。後から浄寿堂の旦那さまも、その絵を見にきはるそうどす」

「それは好都合やわ。巨勢金岡の仏画、そこに掛かっているで。おまえにはわからへんのかいな」

善左衛門は竹次郎に叱るような声で伝えた。

いくら息せき切って走ってきても、気付いてしかるべきだと思ったからだ。

「お父はん、そない急《せ》かさはらんでもよろしおすがな」

お稀世が善左衛門をたしなめ、竹次郎に飲ませるため、水を汲みに台所に立っていった。

「えっ、掛けられているんどすと――」

竹次郎はようやく息をととのえ、顔を上げた。

かれの目に、白衣観音図がいきなりのように大きく映った。

「これはお父はん、ええ具合に一段と鮮やかになりましたなあ。見事どすわ」

かれはつぶやきながら草履を脱ぎ、店に這い上がってきた。

そんな竹次郎の姿を、白衣観音が慈愛にみちた目で見下ろしているようだった。

背後に描かれた円い月が、かれを明るく照らし付けていた。

「お父はん、これはどこから眺めても、やっぱり凄い名品どすわ。一万両というたかて通りまっしゃろ」

「大々名や豪商が一旦目にしたら、どうしても欲しがる名品やわ。こんな値高い品物を、蔵出ししてきたのは立派やけど、手が後ろに廻るような仕入れはしてへんやろなあ」

善左衛門はすでに四百数十両の金を出しているのを思い浮かべ、白衣観音図にじっと見入っている竹次郎に問いかけた。

その金は仲の良い同業者に頼み、店の品を買い取ってもらって拵えたものだった。

「宋の白磁のこないな鶴首の壺より、もっとええ買い物がありますのかいな」

そんな質問を受けたりしての金策。竹次郎の仕入れを案じるのも、無理はなかった。

かれも白衣観音の売り値などを考えると、目眩《めくるめ》く思いだったのである。

「これでわたしもちょっと安堵しました。お父はんにも心配をかけてすんまへん」

竹次郎は善左衛門に軽く頭を下げた。

「おまえ、何をいうてるんや。おまえの一世一代の商い。金は儲かるかどうかわからへんけど、義《ぎ》を見てせざるは勇《ゆう》無きなりやわ。相手が大名に仕える武士であったかて、商人でもできることは、してやったらええのやがな」

かれは敢えて意気軒昂な声色でいった。

「さあ、二人でこの仏画を丁寧に巻き、とりあえず箱に納めておきまひょか」

善左衛門がいい出し、二人はすぐさまそれを片付けた。

直後、店の暖簾を撥ね上げ、鋭い目付きをした武士が二人の配下を従え、ご免と一声かけ、店に入ってきた。

「はい、どなたさまでございましょう」

「この店に、竹次郎ともうされるお人がおいでになるそうじゃが——」

なぜかかれの声は重々しかった。

「へえ、わたしが竹次郎でございますけど、どないな御用でございまっしゃろ」

かれは両手をつき、土間に立つ相手を見上げた。

「わしは美濃大垣藩京屋敷で、目付を務める金沢与一郎《かなざわよいちろう》ともうす者じゃ。そなたにたずねたいことがあって、こうして訪ねてまいった次第。面倒であろうが、当藩の京屋敷まで同道してもらえまいか」

「京屋敷まで同道をと仰せられますか——」

「いかにも、さようじゃ」

これは同道といいながら、明らかに強制的連行であった。

「そなたは大倉藤兵衛を知っておろうな」

「へえ、よく存じ上げております。大倉さまに何かございましたのか」

「不審の廉《かど》があり、今は当屋敷の座敷牢で謹慎をもうし付けておる」

「座敷牢で謹慎をといわれますか――」

「いかにもじゃ」

目付けの後ろにひかえていた二人の武士が、ずっと前に進み出てきた。

お稀世が片手で中暖簾を上げ、虚《うつ》けた顔でそんなかれらを見つめていた。

四

いる。

　大垣藩京屋敷のいかめしい四脚門《しきゃくもん》。門番が六尺棒を握ってひかえて
　目付の金沢与一郎が先に立ち、次に竹次郎がつづき、二人の若い武士はかれの逃亡に備えてか、その後ろを歩いてきた。

　突抜町から大垣藩京屋敷までは、さほど離れておらず、急げば四半《しはん》刻《とき》（三十分）ほどの距離だった。

　途中、行き交う人々が何事かといわんばかりの目で、竹次郎とかれを取り囲む武士たちを眺めていた。

「柊屋の竹次郎、さあ、入るのじゃ」

目付の金沢与一郎にうながされ。竹次郎は京屋敷の四脚門をくぐった。

屋敷の裏に廻り、中庭門から庭に連行された。厠《かわや》とおぼしい建物のかたわらから、板敷の長廊に上げられた。

「こちらにまいるがよい――」

目付の声が、一段と険しくなっているようだった。

両側が襖の長廊を通り、なんの飾りもない一室に通された。

金沢与一郎が真向かいに、両側に竹次郎を警固してきた武士が、刀をかたわらに置いて坐った。

「わしらに従い、おとなしく付いてきてくれたことに、まず礼をもうす。だがその礼も、ことと次第によっては無意味となろう。そなたに拷問を加えてでも、きき出さねばならぬ不埒が判明いたしたのじゃ」

金沢与一郎が、眉一筋動かさずに竹次郎にいった。

京都に京屋敷を構える大名は、大小に拘わらず目付役を設けている。目付は家中の士《さむらい》の非違《ひい》を検察する監察官。幕府の場合なら、大目付と称して老中に直属し、大名を監察する。旗本などは、若年寄に従う目付、または横目などに監察された。

「拷問とはえらく大袈裟どすなあ。目付役の金沢さまは、物騒なことをいわはりますわ。わたしは詮議や拷問を受けるほど、後ろ暗いことはしてしまへんでえ」

竹次郎は怯《ひる》んでいなかった。

「そうかな――」

「へえ、そうどす。わたしらは商人。士農工商、世の中で一番身分の低い者とされてますけど、この世の中を実際に動かしているのは、商人どっせ。お目付役さまも、それぐらい心得てはりまっしゃろ。どんな不埒が判明して、わたしをここへ連れてこられたのか知りまへんけど、無法な言い掛かりには、商人のわたしかて手向かいいたします。京大坂の者はほんまのところ、誰もお武家さまを偉いとは思うてしまへん。穀つぶしほどにしか考えていまへんわ」

竹次郎は不快そうな顔で息巻いた。

「わしらを穀つぶしだとな。そなたは思い切ったことをもうす奴じゃ」

「それより大倉藤兵衛さまが何をしはったんどす。それをまずきかせとくれやすか――」

「そなた、いつから賄役頭と懇意にしているのじゃ」

「五年ほど前からどす」

「五年ほど前からだと。それなら賄役頭をあれこれ籠絡もできような。賄役頭の大倉藤兵衛どのは、まことは人に優しく、思いやりのあるお人じゃ」

「ほんまにそうどす。今度、秋にでも行われる家中の永御暇に、ひどくお心を痛めてはりますわ」

「なんだと、そなたは家中のそんな内緒ごとまで知っているのか」

金沢与一郎は大きく目を見開き、竹次郎を睨み付けた。

「そんなん、よう知ってまっせ。当然どすがな。それより大倉さまは、どんな不審の廉《かど》があるとして、座敷牢に閉じ込められはったんどす」

竹次郎は目付の金沢与一郎に抗する態度で迫った。全く不当だといわんばかりの顔付きだった。

「柊屋の竹次郎、それはなあ、二百六十両の藩費を私し、そなたに渡した事実が判明したからよ。そなた、賄役頭どのからその金、受け取った覚えがあるかどうか、まずもってそれをたずねたい」

目付役は賄役頭の藩費流用の有無を確かめるため、竹次郎を藩邸に連行してきたのである。

藩の財政が逼迫している時だけに、二百六十両の不正な流用は、大垣藩には容易ならざる事件であった。

「大倉さまが二百六十両の金を。そうでございましたか。そんな危ないことをせんでもええのに、気を遣うてくれはったんどすなあ。確かに二百六十両の金、わたしが絵を買うのに、大倉さまが用立ててくれはりました。そやけどそれは、自分たちの利益のためではございまへんえ。ほかにも八点、大金を出して古画や唐画を買うてますけど、みんなそれらの絵で大儲けをして、藩のためになればと思うて、やっているとどすわ」

竹次郎は膝でにじり寄るようにして、語りつづけた。

「今その絵の大半は表具屋に出し、表具替えや修復をさせております。今日はそんな絵の横綱にも当たる平安時代の仏絵師・巨勢金岡が描いた白衣観音図が、ようやくでき上がってきたんどす。その仏画をどこの大々名か豪商に買うてもらうか、わたしは相談のため出かけていて、店に帰ったところへ、おまえさまが険しい顔で入ってきはったんどすわ」

「それらの古画や唐画を売り、大儲けをして、いかがするつもりだったのじゃ」

「何万両儲かるかわかりまへんけど、そんな大金、わたしらには不必要。儲けた金はみんな、この秋に実行されるかもしれへん大垣藩の永御暇を阻止するために、使うつもりどした。それでわたしと藤兵衛さまは動いていたんどす。それにしても、藤兵衛さまが仕入れの金を心配してくれてはるとは、思うてもいまへんどした。これはわたしの迂闊どしたわ。確かにわたしは藤兵衛さまから、二百六十両の金を預かりました。それが不埒なのどしたら、罪はわたしにあります。ともかくわたしを、藤兵衛さまに会わせとくれやす。その金、藩費流用と決め付けはるんどしたら、今日にでも百両二百両の利子を付け、お返しさせていただきますさかい」

竹次郎の口から、予想もしなかったことの経緯をきかされ、目付役金沢与一郎はひどく怯み、動揺していた。

「こうなったら、お目付役さまに好き勝手をいわせていただきます。角を矯《た》めて牛を殺す。小さなことに目くじらを立て、大きな目的を見損なったらあきまへんのやで。わたしは藤兵衛さまのお人柄に惚れ込んでおりますさかい、ここで大勝負に打って出て、大垣藩のお役に立ちたいと数ヵ月、金儲けに奔走していたんどす。そしてそれが今や金になりつつあるんどすわ。何万両かの金は、生半可なものではありまへん。それで永御暇が中止になり、人助けもでき、大垣藩の体面も保たれたら、どれだけええかわかりまへんやろ」

金沢与一郎だけではなく、竹次郎の両脇にひかえた武士たちも動揺し、かれの激しい声をきいていた。

「お目付役さま、これだけいうたら、これが嘘かまことかわかりまっしゃろ。わたしを早う藤兵衛さまに会わせとくれやす。今肝心なお人を座敷牢に入れ、二百六十両を使い込んだとして、詰問している場合ではありまへんわ。わたしと柊屋の主、またこの京で有名な茶道具屋たちが、一万両もする古画や唐画を売るため、もう動き出しているんどっせ。わたしが主に買い集めた絵は、どれもこれもそれだけの値打ちのある物ばかりどす。藤兵衛さまに今のようすをお知らせしたら、どれだけ喜ばれまっしゃろ。さあ、そこで顔を強張《こわば》らせて坐ってんと、わたしを座敷牢に案内してくれはらしまへんか——」

竹次郎の口調は、すっかりぞんざいになっていた。

「しからば——」

かれがうなずくと、両脇にひかえた武士が襖のそばに立ち上がり、把手《とって》に手を添え、さっとそれを左右に開いた。

竹次郎がいたのは、座敷牢の次の間だったのだ。

牢の中に大倉藤兵衛が窶れたようすで坐り、木格子のそばからお留守居役たちが、困惑した顔でこちらを見ていた。

「藤兵衛さま——」

「柊屋の竹次郎どのか——」

藤兵衛は膝で木格子に近づき、両手でそれを摑んだ。

「こんな隣の部屋においでどしたら、今わたしがお目付役さまにお話しした一切を、しっかりきいておられましたやろ。お留守居役さまもほかの上役さまたちも、同じでございますわなあ」

「それはそれで一応、筋の通った話だと、わしは思うたが――」

上役の一人が、不承不承にうなずいた。

「筋の通った話どころではございまへん。もう金を拵えるため、有力な商人が動き出していると、わたしはいいましたわなあ。そら商人どすさかい、欲がらみどす。けど特別な古画や唐画を大々名や豪商に納めれば、店の信用が一段と増しますわ。そやさかい、あんまり強う儲けは主張しはらへんかもしれまへん」

竹次郎は上役たちの顔を見据えて話しつづけた。

「わたしが大垣藩の京屋敷に連行されましたさかい、おそらく父親の善左衛門は一連の行いを証明するため、表具ができたばかりの白衣観音図を、今にもここへ運んできてくれまっしゃろ。それをご覧になっていただけば、藤兵衛さまとわたしが考えていたことが、みなさまにもはっきりわかっていただけるはずどす。勿論、それらを売却するについても、面目を考え、藩の名前なんか出さしまへんわ」

かれの話の途中、座敷牢の鍵ががちゃがちゃと開かれた。

牢の小さな出入口から、藤兵衛が這い出てきた。

「竹次郎どの、要らぬ心配をかけてすまぬ」

「そんなん、気を遣うていただかんでもよろしゅうおす。万事、わたしらが考えたように、うまく運んでいますさかい。先《さつき》、一応筋の通った話だと、どなたさまかがいわはりました。いうては失礼どすけど、大垣藩の家中には物分りの悪い、よそ事に考えるお人がいてはりますのやなあ」

「そうでもないぞ。それがしの公金の使途についてそのお人は、なだめたりすかしたりして、厳重にお調べになられたわい。藩家にはそんな堅いお人も必要なのじゃ」

かれがそういったとき、表門での騒ぎが、奥のここまで伝えられてきた。

「茶道具屋柊屋の善左衛門なる商人、ならびに浄寿堂嘉右衛門なるこれも商人の二人が、お留守居役さまと賄役頭大倉藤兵衛さま、お目付役の金沢与一郎さまたちにお目にかかりたいと、おいでになっておりまする。大きく長い箱を、風呂敷に包んでお持ちでございます。いかが取り計らえばようございましょう」

知らせてきた小者は、何事が起っているのかと、不可解そうな顔で告げた。

「藤兵衛さま、思うた通り、お父はんが最初の絵を運んできてくれはりましたのや。浄寿堂の旦那さまは、すでに御三家さまに働きかけておいでのはず。ほかの商人も何人か、それぞれ心当たりの豪商に打診していてくれはります」

「すると、そなたからきかされていた古画や唐画、売り捌《さば》ける見込みがだいたい付いたのじゃな」

「金いうもんは、ないところにはありまへんけど、あるところには、仰山あるもんどす。貧しいお人から金儲けはできしまへん。金が余っているところから、遠慮せんと儲けさせてもろうたら、よろしいのどすがな」

「ならばその方々をここへお通しもうせ」

目付金沢与一郎の一声で、小者は身体を翻《ひるがえ》した。

やがて柊屋善左衛門と浄寿堂嘉右衛門の二人が、大風呂敷に包んだ箱をたずさえ、部屋にやってきた。

「向こうの部屋の天井が高く造られてますさかい、お父はん、早速、あそこに掛けてくれはりますか――」

竹次郎は座敷牢から出てきた藤兵衛を労《いたわ》りながら、善左衛門に頼んだ。

「どなたさまか矢筈を持ってきて、手伝うてくんなはれ」

すぐさま天井近くに打ち込まれた金具に、巨勢金岡の白衣観音図が掛けられた。

それを一斉に眺め、もう口を利く者は誰もいなかった。

荘厳な時が推移していくのが、はっきり感じられた。

「この絵が一万両——」

「はい、一万両前後なら、二、三の買い手がございます。すでにある大名家の京都留守居役さまに、一万二千両で売ると、あらかた話を付けたところでございます。ほかの古画や唐画についても、似たようなもんどすわ」

浄寿堂の嘉右衛門が、竹次郎に頰笑んでうなずき、明るい声で答えた。
空の座敷牢の小さな戸が、かすかな音をきしませて閉まった。
部屋の中が穏やかな雰囲気に変わっていた。

短夜《みじかよ》の髪

一

「お登勢《とせ》、お登勢――」

井戸端で洗い物をしているお登勢の耳に、異母兄の「笠松屋《かさまつや》」の主《あるじ》・正兵衛《しょうべえ》の苛立《いらだ》った小声がきこえてきた。

何か急《せ》いているようだった。

新緑の季節になり、彼女の両手を荒らしていた霜焼けや皹《あかぎれ》が治り、ようやく本来のすらっとした指に戻りかけていた。

「お亡くなりの大旦那さまが外で拵《こしら》えはった娘はんでも、普通、主家《あるじ》族の洗い物は、うちら奉公人に委《まか》さはるのになあ。旦那の正兵衛さまは何かと辛《つろ》う当たり、お登勢さまを苛《いじ》めてはるみたいどすわ」

「大旦那さまに囲われてたお登勢さまのお母はんが死なはったのは、お登勢さまが八つのとき。その後この笠松屋に引き取られ、十三年経ちますけど、当時、まだご健在やったお店《たな》さま（女主）は、いつも邪険にしてはりました。女の子は八つにもなったら、ちょっとした料理ぐらい出来なあきまへんといい、いきなり台所仕事を始めさせたそうえ。大旦那さまはご自分の不始末からのことやさかい、文句もいえんと、黙って見てはりました。それに引き取られてきたとき、お登勢さまは小さな風呂敷包み一つを抱えただけ。お店さまがお登勢さまの家へ出かけ、家中の物をみんな捨てさせたときいてます。うちらも女子《おなご》として、その気持はわからんでもありまへんけど、位牌まで勝手にどっかの寺へ預けてしまうのは、少し当たり過ぎとちゃいますか――」

「母親の位牌まで取り上げるとはあんまりどすなあ。子どもは親を選んで生れてこられしまへんさかい、お登勢さまが気の毒どすがな。それにお嫁に行かはったお嬢さまのお松《まつ》さまも、五つ年下になるお登勢さまに意地悪かったそうどすえ。ご飯の場は家族並みに扱われ、一緒に食べてはりましたけど、いつのときもお登勢さまは遠慮してはりましたわ。人の顔色を見て食べてたら、どんなご馳走かておいしくありまへんやろ。お松さまは毎度ではおへんけど、お風呂に入った後、その栓を抜き、お湯を踝《くるぶし》か膝ぐらいにまで減らしてたそうどすえ。そうしてお登勢さまに声をかけはったんどす。冬の寒い夜、温まろうとうっかり裸になってから、それに気付いたら大変、風邪を引いてしまいますがな」

「子どもは親の背中を見て育つといいますわなあ。お亡くなりの大旦那さまは慈悲深いお方どしたけど、つづいて死なはったお店さまは、奉公人にはそれは厳しいお人。今の旦那さまとお松さまは、きっとお母はんの背中だけを見て育ってきはったんどっしゃろ。お松さまが嫁ぎ先から実家に戻らはったときでも、おまえまだここにいるのかと冷たくいうだけで、温かい言葉をかけはったことなど、一度もありまへんどした」

「ほんまにそうどすなあ」

「大旦那さまは、家の者からそんな扱いを受けるお登勢さまを、早うどこかに嫁入りさせようと思うてはったようどす。けどお店さまが、縁談の一つひとつにいちゃもんを付け、とうとうあの世に逝《ゆ》かはるまで、それは果されしまへんどした。大旦那さまはきっとあの世で悔んではりまっしゃろ」

店の奉公人たちがそんな噂話をしていることぐらい、お登勢は知っていた。

笠松屋は古手《ふるて》（古着）問屋。御池《おいけ》の堺町通り扇屋町《おおぎやちょう》に、間口十間ほどの店を構えていた。

住み込み奉公しているのは、手代の勘助《かんすけ》と九蔵《きゅうぞう》、小僧の安吉《やすきち》のほか二人の五人。番頭の定右衛門《さだえもん》は同じ町内の長屋で世帯を持ち、通いだった。

当代の正兵衛は三木助《みきすけ》といっていたが、父親の後を継いで三代目を襲名していた。だが三十二にもなりながら、まだ妻を迎えていなかった。

母親のお園《その》に溺愛されて育ったせいか、先代の正兵衛が存命の頃でも、商いを学ぶのに熱心ではなく、遊蕩《ゆうとう》三昧に暮らしていた。その噂が同業者の間にも広まっていたのである。

普通なら商売敵《がたき》の同業者でも、当主が死んだりすると、誰ともなく店の後を心配し、嫁の世話をするものだが、笠松屋の三代目に限り、そんな配慮をする者はいなかった。

「笠松屋はんは三代目で終りになります。あの正兵衛はんに嫁はんの来手《きて》はおまへんやろ。自分の遊びには金を使いよるけど、とんでもなく吝嗇《けち》で、人のためには舌を出すこともせいしまへん。あんな奴の許へ嫁いだ女子《おなご》は、苦労するに決まってますさかい。先代の正兵衛はんが外に女子を拵えはったのも、家の中が暗く、夫婦仲がようなかったからどっしゃろ。どの家にも一つや二つ問題はありますけど、笠松屋はんほど厄介なところは少のうおすわ。わしは死んだ先代の正兵衛はんを気の毒に思うてます」

「息子と娘の出来がようないさかいなあ。それに比べて死んだ外の女子はんは、お店さまにもうしわけないと笠松屋はんからほとんど援助を受けず、縫い仕事をしてつましく暮らし、女の子を女手一つで立派に育ててはったみたいどすがな。先代の正兵衛はんが骨董《こっとう》（古美術品）好きにならはったのも、気持をそれで紛《まぎ》らわせていはったんどっしゃろ」

「ええ骨董品は心を慰《なぐさ》め、裏切らへんさかいなあ」

「そやけど正兵衛はんは、茶道具屋や骨董屋に随分、偽物を摑まされたといつか嘆いてはりましたえ」

「泥棒・押し込み・骨董屋といわれるくらいどす。また骨董好きは一に金・二に目利・三に度胸ともいいますわなあ。正兵衛はんは金と物を買う度胸はあっても、目利ではなかったさかい、そら茶道具屋や骨董屋にはええ鴨《かも》どしたやろ」

「それにしても泥棒・押し込み・骨董屋とは、ちょっとひどおすなあ。中には正直な商人もいてまっせ」

「へえ、そやけど商いは利が大事。わたしらの商いも、骨董屋ほどではないにしても、さほど違いはありまへんわ」

「ともかく笠松屋はんのところには、塵《ごみ》みたいな物から結構ええ書画や道具が、なんやかやあるんどすやろなあ」

「そらそうどす。けど当代の正兵衛はんは酒と女子が好きで、そんな物はわからしまへん。近頃では悪い奴らに誘われ、賭場にも出入りしてはるそうどっせ」

「博奕《ばくち》どすか。あれだけはあきまへん。飲む打つ買うの三拍子がそろったら、極道も一人前。もうどうにもなりまへんわ。親戚縁者の誰か、諫《いさ》めるお人はいてはらしまへんのかいな」

「先代の喪が明けたとき、お園はんの身内が、強く意見したそうどす。

そしたら、そんなん放っといて欲しいわ。笠松屋の身代はみんなわたしの物どすさかい、いくら身内でもよそのことに口を出さんといておくれやすと、憎まれ口を叩き、さあ番頭はん、みなさまお帰りどっせといい、追い返してしまったとききましたえ」

「そらあきまへんなあ。先代の正兵衛はんは兄妹もなく、身内の縁の薄いお人どしたさかい、それではなんともなりまへんがな」

「そやさかいわたしが、笠松屋はんは三代目で終り、身上《しんしょう》仕舞いになるというてるんどす」

「番頭の定右衛門はんも、当初は正兵衛はんに諌言《かんげん》しはったそうどす。けどこの頃ではすっかり呆れ果て、何をしたところで知らん素振りどすわ」

これらが笠松屋や主の正兵衛についての噂であった。

前掛けで手を拭ったお登勢は、井戸端から台所口に小走りで急いだ。なぜか台所も店の表もしんと静まっていた。

台所口では、正兵衛が苦虫《にがむし》を嚙み潰したような顔で立っていた。

「わたしが呼んだらさっさときなはれ」

顔を合わせると、すぐに小言だった。

「はい兄《あに》さま、うちに何かご用どすか」

「用があるさかい呼んだのやがな。けどその恰好ではなあ――」

かれは顔をしかめて首を傾げた。

お登勢は妙齢の娘だというのに膝切り。白粉《おしろい》気もなく、台所働きの女子衆《おなごし》姿だった。

だが色白で目鼻立ちが整い、凛とした美しさと強さが感じられた。

「これがうちの常どすさかい――」

正兵衛はお登勢に、おまえは外筋の娘やさかい、奉公人並みの身形《みなり》で仕事を手伝うのやと、薄情にも命じていたのだ。

それでも髷《まげ》に簪《かんざし》だけは飾られていた。

「今更、どうにもならへん。その恰好でええさかい、店の表へ行き、やってきた客をなんとか始末するんや」

「はい、それでどないなお客さまに、どんな始末をするんどす。事情をきかせておくれやすか」

「そんな暇はあらへんわい。そしたら頼んだぞ。わたしは出かけますさかい――」

かれは引き止めようとするお登勢を振り払い、裏木戸に急いでいった。

「やい、笠松屋の旦那を出さんかい。正兵衛いう奴ちゃ。出さなんだら家探ししてでも見つけ出し、けりを付けてもらうで。わかってるやろなあ」

濁った険しい声が耳に届いてきた。

「だからいうてますやろ。旦那さまは今お留守。ご用の趣は、お帰りになったらきちんとお伝えしますさかい、どうぞ番頭のわたしにおきかせ願います」

「おまえはおれたちをならず者やと思うてか、妙に身構えてるのやなあ」

番頭の定右衛門が怖気付《おじけづ》き、それでも辛うじて相手に対しているのが、その声だけではっきり感じられた。

「ねえ番頭はん、手荒なことはうちが決してさせしまへんさかい、旦那さまを出しておくんなさいよ。そのほうがためになるんどす。番頭はんどしたら、それくらいおわかりになりまっしゃろ」

年増女の婀娜《あだ》っぽい声が次につづいた。

お登勢には彼女を見るまでもなく、白粉を厚く塗り、男に媚《こび》を売るが、場合次第では、いっぱしの啖呵《たんか》を切る女だとすぐにわかった。

店の手代や小僧だけではなく、裏働きの女たちも息をひそめ、成行きをうかがっているようすだった。

異母兄の正兵衛が、また何か不始末をやらかしたに決まっている。

お登勢はわざと前掛けを締めたまま、下駄の音をひびかせ、店の表に急いだ。

中暖簾《のれん》をぱっとはね上げ、広い土間に立った。

草履《ぞうり》をはいたままの右足を床に上げ、番頭の定右衛門に絡んでいる中年のやくざめいた男と、窮した顔で床に坐る定右衛門と手代勘助の姿が見えた。

「なんじゃい、旦那かと思うたら、裏働きの女子やねえか――」

「うちは裏働きの女子ではございまへん。この笠松屋の娘どす」

お登勢は臆した気配もなくいい返した。

「何っ、笠松屋の娘だと。笑わせるんやねえ。お店《たな》の娘はそんな恰好でいいへんわい。姐《ねえ》さん、この小娘膝切りを着てまっせ。裏働きの小娘に違いありまへんや」

すごんでいた男が嘲笑った。

「ぞろっと絹物を着て、裏働きなんか出来しまへん。そやさかい膝切りでいるんどす。古手屋の者がきれいな身形では、仕事になりまへんわ。頭の簪を見なはれ」

「いわれたらそれに違いねえなあ。こりゃあ、一本取られてしまったわい」

中年のやくざ者は、自分の頭を軽く叩き、剽軽《ひょうきん》にいった。

古手問屋はだいたい決まった質屋から、質流れした衣服を買い取る。別に質屋仲間から持ち込まれた品や、仲買人によって地方で集められた物を、会所の競《せ》りで買い集める。また専門の買出し屋から、買い受ける場合もあった。

こうした流通の仕組みは、茶道具屋や骨董屋の商いに類似していた。買った物が汚れていれば、糸を解《ほど》いて洗濯し、洗い張りをして仕立て直す。手を加えなくても売れるきものは、それだけ利益が多かった。

店の土間には、地方から送られてきたそんなきものの菰《こも》包みが、山積みされていた。笠松屋の仕立物を委されて暮らす人たちも少なくなく、店の裏には洗濯場や、洗い張りした布を干す広い場所があり、天気のいい日は四六時中、騒がしかった。

だが笠松屋では近頃、騒がしいのは稀《まれ》になっていた。

「すると何かえ、店の旦那は妹がそんな恰好で働いているというのに、金にあかして遊蕩三昧なんだねえ」

白粉を塗りたくった年増女が、お登勢の頭から爪先までをじっと眺め、顔を曇らせた。

「いいえ、うちは外筋の娘。旦那の兄さまとは、死んだご先代でつながるだけどす。そやけど、笠松屋の娘には違いございまへん」

毅然とした態度で、お登勢は年増女に答えた。

「おまえさまの名前は何とおいいやすのえ。教えておくれやすか」

女は真面目な顔になってたずねた。

「はい、登勢ともうします」

「お登勢さまかえ。笠松屋は先代が外筋で娘を拵え、三代目もやがては同じにするつもりなのかねえ」

彼女はお登勢から顔をそらし、定右衛門に向いてつぶやいた。

「お客さま、今の旦那さまはともかく、先代さまの悪口は止《や》めておくれやす」

お登勢は怒りをぐっと堪《こら》えた声で、彼女を咎めた。

「ああ、うちが間違うてました。先代はお登勢さまには実のお父はん。外筋の娘というても、いろいろ事情があったんどっしゃろさかい、悪かったわ」

「そこでやがお登勢さま、笠松屋の旦那が留守なのはほんまかいな。まさかわしらがきたのを知って、逃げ出したんとちゃうやろなあ」

やくざな男がお登勢にたずねかけた。

「はい、ほんまに留守でいてはらしまへん。うちが外に出ていく姿を、確かに見ましたさかい」

時刻はともかくそれは事実。お登勢は平然といってのけた。

「猪蔵《いぞう》はん、お登勢さまの言葉は嘘ではおまへんやろ。あの糞ったれ、ええ外筋の妹を持ったもんやわ」

啖呵めいた口調で年増女が毒突いた。

「そやけど姐さん、折角こうして乗り込んできて、手ぶらでは帰れしまへんで」

「正兵衛の旦那が留守なら、仕方ありまへんやろな」

「そないいわはって、姐さんに付いてきたわしとこいつの面目は、どうなるんどす。なあ梅吉《うめきち》、そうだろうが――」

やくざな男は今度は年増女に力み、一緒にきた若い男に目を這わせた。

「へえ、猪蔵の兄貴のいわはる通りどす」

梅吉と呼ばれた若い男は大きくうなずいた。

「そしたらどないしたらええのやろうねえ。うちはいっそここに居てるみんなから、教えてもらいたいもんやわさ」

「番頭はんにお登勢はん、わしらが商いの邪魔になったら、番所に届け出て、町奉行所の同心にきてもらってもかまへんねんで。何もかもべらべら喋ったら、笠松屋の旦那の恥晒《はじさら》しやさかいなあ」

猪蔵はすっかりふて腐れていた。

「そうかというて、番頭はんが見張ってる銭箱から、無理矢理金を摑み取ったりしたら、押し込み強盗になるさかいなあ」

年増女が思案にくれた顔を見せた。

「おたずねいたしますけど、正兵衛の兄さまが何をしはったんどす。きかせておくれやす」

「へえ、あんたがききたいとは、いい度胸をしてはるもんやわ」

年増女がしみじみとした口調でお登勢にいった。

「お登勢はんよ、この姐さんは祇園の暗町《くらがりまち》で色茶屋をしてはるお栄《えい》はんいうてなあ。ここの旦那が悪いようにせえへんさかいといい、若い娘をさんざん玩《もてあそ》んだあげく、二ヵ月もすると、そのままぽいさね。それから一月待ったけど、よそでは遊んではっても、こっちにはおいでにならねえ。意地いうものがあって、これは厄介な塩梅《あんばい》さね。十両か二十両の手切れ金を出して貰わなくちゃ、もう承知できへんというわけよ。そこがおわかりになりまっしゃろか」

これをきき、お登勢は異母兄に玩ばれた若い女の心の痛手を、まず思いやった。

兄の正兵衛は、人の心を踏みにじって平気なのか。かれは逃げれば、厄介が通り過ぎていくと安易に考えている。

十両二十両は、大店《おおだな》にしたところで容易な金ではない。店に押しかけてきた暗町のお栄や猪蔵たちが、その大半を取り上げる魂胆もわかっていた。

「その若い娘はん、お元気でおいでになりますか」

「そんなん、好きになった男にぽい捨てにされ、元気でいてるはずがねえ。毎日、泣いてばっかりでござんすよ」

「お気の毒な。その十両か二十両の手切れ金、そしたらうちが出させていただきまひょ。その代わり、以後笠松屋には金輪際近づかんといておくれやす」

「お登勢さま――」

番頭の定右衛門が驚いてお登勢を制した。

だが彼女は帳場にも千両箱が納められる蔵にも向かわず、自分の部屋に小走りで駆け込んだ。

再び帳場に戻ってきたとき、白い布で包んだ小さな物を握りしめていた。

「暗町の女将《おかみ》はん、この中に二十両のお金が入ってます。どうぞこれを持って帰っておくれやす。兄さまが玩んだ娘はんに、この中から出来るだけ仰山やっとくれやす。うちのお願いどす。兄さまを何卒、勘弁してやっておくんなはれ」

お登勢はお栄や猪蔵たちに深々と頭を下げたが、両目からは滂沱《ぼうだ》と涙をあふれさせていた。

その二十両はお登勢の母親が死際、彼女のためにそっと手渡した金であった。

二

その日から正兵衛は三晩、店に帰ってこなかった。

「旦那さまはどこに行かはったのやろ」

番頭の定右衛門はさすがに気を揉み始めた。

かれが一、二晩店を留守にするのは珍しくない。だが三、四晩ともなると、定右衛門も手代の九蔵たちも心配の面持ちになってきた。お登勢も気が気ではなかった。

陽が暮れ、やがて夜が深まってくると、尚更だった。

通い番頭の定右衛門は、家に小僧の安吉を遣わし、今夜は忙しいさかい夜通し仕事になりますと伝えさせていた。

「なにが夜通し仕事やいな。近頃では昼間でもそないに忙しゅうないのに、よういえるもんやわ」

安吉は早う寝るようにいわれ、天井の低い二階の小僧部屋に戻ってくると、朋輩《ほうばい》の政吉《まさきち》と岩太《いわた》に毒突いた。

「うちの旦那はわしらを強う叱らはるけど、案外、気の小さなお人やと思うねん。北山か東山のどこぞで、首でも吊ってはるのとちゃうか。

三日前、店に乗り込んできた暗町の色茶屋の女将はんたちは、えらい剣幕やったさかいなあ。わしは積荷の陰から覗いてたけど、あんまり怖うて、小便をちびりそうになったわ」

政吉が小声で述懐した。

「おまえは怖がりやさかいそうやろけど、ならず者はだいたいあんなもんやで。もっと恐ろしい奴になると、土足で帳場に上がり込み、床に胡坐《あぐら》をかいて匕首《どす》を突き立て、酒を出さんかいと怒鳴るそうや」

「そんなんされたら震え上がってしまうがな。暗町にはあんな連中がうようよいてんのやろか――」

岩太が陰気な表情でつぶやいた。

「そら暗町は祇園内六町の一つ、末吉町《すえよしちょう》に含まれ、お茶屋が立ち並んでるさかい、仰山いてるやろ。花街にならず者は付き物やわいさ」

暗町は東山区大和大路四条上ル二筋目東入ルに、古い町名をそのままに、現在も存在している。『京都巡覧記』にも見られ、正徳《しょうとく》三年（一七一三）の祇園領広小路畑地の開発によって生じた町だった。

町名の由来は明らかではないが、おそらく竹が生い繁り、暗い町筋だったからだろう。そこに色茶屋や待合茶屋が点々と構えられ、やがて軒を連ねるようになったのである。

定右衛門と二人の手代は帳場の行灯《あんどん》を囲み、今夜は主正兵衛の帰りを待つつもりのようだった。

「それにしても、旦那さまは若い初《うぶ》な女子を、どないに口説いて玩ばはったんやろ。そのさまを一目、見せて貰いたかったわ。毎日、旦那さまが色茶屋で女子と遊んではる間、わしらは垢に汚れた汗臭い古着を、仕分けてたというわけや」

「政吉、おまえおとなしそうな顔で、えげつないことをいうのやなあ。そら旦那さまはありったけの甘い言葉で女子を口説き、毎晩毎晩、気のすむまでその身体を弄《いじ》り回さはったやろ。その後、素知らぬ顔で、この笠松屋へお戻りになってたわけや。同業者仲間の会合、あれこれの打ち合わせや話し合いやと、口実を付けてなあ。番頭はんは旦那さまが、碌《ろく》でもないことで出かけはるのを知ってても、もう愛想を尽かしてはるさかい、苦情はいわはらへん。まあそういうこっちゃ」

「安吉はんからききかされると、まるで見ききしてきたみたいどすがな」

「そら四年も小僧働きをしてたら、目に見えんものでも、あれこれわかるのやわいさ。それでわしは、そろそろ親許にも相談し、奉公替えをしなあかんと考えてんのやけど、政吉と岩太はどう思うてるねん」

安吉の小声をきき、二人は暗い目付きで互いの顔を見合わせた。

このとき、店の大戸をとんとんと小さく叩く音がひびいてきた。

「誰か大戸を叩いてはりますわ」

帳場にいた定右衛門と九蔵たちが、はっとして音のほうを見つめた。

「だ、旦那さまが帰ってきはったんやわ。すぐ潜《くぐ》り戸を開けなはれ」

定右衛門にいわれ、手代の九蔵が急いで土間に下りた。大戸に走り、潜り戸の鉤竿《かぎざお》に手をのばした。

二階の小僧部屋では、安吉や政吉たちが襖をそっと開け、きき耳を立てていた。

「誰かと思うたら九蔵やないか。なんや帳場には定右衛門と勘助までいてるのかいな。みんなで何の相談をしてたんや。わしが一晩や二晩帰らへんのはときどきある、それが一晩多かっただけやろな。今夜で四晩目になるさかい、こうして帰ってきたんやわ。わしも笠松屋の主や。そないな顔で心配せんかて、きちんとしてるわい。それであの連中、大人しく帰っていったんかいな」

正兵衛は横柄な態度で定右衛門にたずねた。脂粉と酒の匂いが、かれの身体からふと漂ってきた。

「へえ、お登勢さまが色茶屋の女将とならず者めいた男たちに対され、追い返さはりました」

「どんなふうにしたんやな」

正兵衛は興味深そうに、定右衛門たちにきいた。

「相手が手切れ金を十両か二十両というたもんどすさかい、それを出さはったんどす」

「そ、そんなばかな。銭箱に金はなかったはずや。蔵に仕舞《しも》うてある金を、勝手に出して払うたんやな。定右衛門、おまえはお登勢にそんな横着をさせたんか」

正兵衛の顔付きが怒りにがらっと変わっていた。

「いいえ、ご自分の部屋からそれだけの金を持ってきはりまして、以後この笠松屋には金輪際、近づかんといておくれやすといわはり、相手に渡されたんどす」

「自分の部屋からだと。二十両もの金を部屋からとは、おかしなこっちゃ。そうしてそんな金があったのやろ。おまえ、その出所《でどころ》をたずねてみたんかいな」

「いいえ、何もきいてしまへん」

定右衛門は当然のように答えた。

「おまえもこの店の番頭を務めながら、おかしな奴ちゃなあ。二十両といえば大金や。ただしてみるのが普通やろな」

かれは定右衛門に咎める口調でいった。

その表情にはありありと不審が浮かんでいた。

だが定右衛門にすれば、修羅場に似たあんな場面が収まったとはいえ、どうしてそれがたずねられよう。

暗町の一行がほくそ笑みながら店から去った後、お登勢は顔を涙でくしゃくしゃにさせ、奥に走り去ってしまっていた。

お登勢の隠し金に決まっている。それがわかりながら、改めてきけるものではなかった。

「おかしなことがあるもんや。肝心な金の出所を、おまえたちがきいてへんのやったら、明日にでもわしがたずねないかんなあ。おまえたち、こんな夜遅うまでどないな小田原評定をしてたか知らんけど、定右衛門はもう長屋に帰りなはれ。九蔵と勘助は明日があるさかい、さっさと寝るこっちゃ」

正兵衛は傲慢な態度で三人に命じた。

あれだけの揉め事を放棄して逃げ出したのだ。普通ならそれを恥じ、殊勝な言葉のいくらかぐらい口にしそうなものだが、そんな反省のかけらも見られない。自分の落度を巧みに糊塗し、恬《てん》としていた。

「政吉に岩太、この店はもうあかんわ。少しは殊勝な態度で戻ってくるならともかく、番頭はんたちに謝りもせんと、あの図々しさでは、もうどうにもならへん。かわいそうなのはお登勢さまや。明日はどうなるんやろなあ」

安吉の言葉に政吉と岩太は黙ったまま、冷たい布団の中にもぐり込んでいった。

どこかから犬の遠吠えがきこえてきた。

翌日、遅くまで寝ていた正兵衛は、一人で朝食をすませると、茶を飲みながら定右衛門を呼び付けた。

「旦那さま、なんでございましょう」

かれが部屋にきて、手をつかえてたずねた。

「お登勢はどうしてます」

「へえ、表で岩太たちを手伝い、大津から届いた古手の仕分けをしてはります」

「古手の仕分けをなあ。それは後にさせ、用があるさかい、すぐここにくるように伝えなはれ」

不機嫌な顔でかれは定右衛門に命じた。

定右衛門には、正兵衛がどうして不機嫌なのか、すぐに察せられた。暗町の色茶屋の女将たちに渡した金の件だ。二十両は大金、どうしてそんな金をお登勢が持っていたのだと、かれは執拗に詮索する気なのだろう。

「へえ、かしこまりました」

定右衛門は部屋から一旦退き、すぐお登勢を伴ってきた。

「兄さま、食事はおすみになりましたか」

お登勢は膝をつき、朝の挨拶代わりに柔らかい声でかれにたずねた。

「そんなこと改めてきかんでも、お膳を見たらわかりますやろ。それはわたしへの皮肉どすか。ああ、わたしがこんなんやさかい、そうに決まってます。番頭はんは去《い》なんと、そこにいなはれ」

正兵衛は彼女に居丈高にいい、定右衛門は心ならずもそこに坐った。

「ちょっとききますけど、四日前、店に押しかけてきた色茶屋の女とならず者たちに、二十両の手切れ金を渡したそうどすなあ。定右衛門

や九蔵たちは、店の金でも蔵に仕舞われている大事な金でもないとい
うてます。おまえが自分の部屋から取ってきたそうやけど、どうして
そんな大金を持っていたのどす。それをいいなはれ」
正兵衛はいきなり切り出した。
お登勢はかれから不機嫌そうにたずねられ、答えに窮して顔をうつ
むけた。
「そらおまえの目には、わたしはお父はんが死なはってからも、商い
は番頭はんに委せ、遊び惚《ほう》けてると見えるかもしれまへん。そやけど
男には、男の付き合いがありますのや。わたしはあんな女とまともに
話をしたくないさかい、姿を隠しただけどす。色茶屋の女将は金を取
るために、わたしがいいへんのを幸い、なんやかんやとありもしない

ことを、大袈裟にいうたに決まってます。それにまんまと乗せられ、二十両もの大金を渡してしまうとは、どういう了見なんどす」

かれの言葉はすべて、お登勢にも定右衛門にも、立場や体面を丸潰れにされた男の詭弁《きべん》にきこえてならなかった。

「うちはあんなお人たちに、笠松屋へきて欲しなかったからどす」

お登勢は顔をうつむけたまま答えた。

「それはそうどっしゃろ。そやけど、わたしがきいているのは二十両の出所どす。それを正直にいいなはれ。わたしは遊んでばかりいてるように見えますやろけど、死なはったご先代のように、長い間、こっそりどこかに女子を囲うてなんかいまへんえ。そのうえ女子に子どもまで産ませ、ほんまにようやらはったもんどす。それに比べたら、わたしのしてることなんか甘いもんどすわ」

正兵衛はお登勢に向き直ってずけっといった。それは即ち、彼女の母親と先代への悪口だった。

お登勢の母親はおみつといい、三条寺町の一膳飯屋で働いていた。どうした経緯《いきさつ》からかお登勢はきかされていないが、物心がついた時には、烏丸《からすま》・仏光寺《ぶっこうじ》に近い裏長屋に住み、おみつは夜遅くまでせっせと針仕事に励んでいた。

生活はいたって質素。お登勢が遊び友だちに苛められないようにと慮《おもんぱか》ってか、いつも近所の女の子たちにお手玉を縫い、人形などを作ってやっていた。

ときどき、身形のいい実直そうな男が、人目を忍ぶように訪ねてきた。

それが父親だときかされたのは、確か五歳になったときだった。

男は裏長屋にくるたび、幼いお登勢を膝に抱いた。母親のおみつがその日だけ錦小路《にしきこうじ》で買ってきた上等な魚を、箸で身をほぐし、骨がないか確かめて食べさせてくれた。

そんな折、自分と父親を見るおみつの顔はいつも哀しそうであった。

病で死ぬのがわかったとき、母親は自分を枕許に呼び寄せ、小布に包んだ物を差し出した。

「この包みの中に二十両のお金が入ってます。うちが死んだら、おまえはお父はんの家に引き取られることになってます。けどそこには新しいお母はんと兄さま、姉さまがいてはります。おまえがどんな風に扱われるかわかりまへん。そやさかい、このお金は誰にも知られへんように大切に隠しておき、まさかのときに役立てなはれ。お金はお父はんがときどきくれはったものに、お母はんが働いて加えたものどす。うちの命はもう長くありまへんやろ。うちに出来るのはこれくらいどす」

おみつは両目にいっぱいに涙を溜め、お登勢の小さな手に小布で包んだ二十両を握らせた。

それから半月後、彼女は眠るように死んでいった。

医者の診断では、胸に悪い腫瘍《しゅよう》が出来ていたそうだが、おみつは一声も苦しみを訴えずに黙って耐えたのだ。

「兄さまにはいい難《にく》うおすけど、あのお金はうちのお母はんが死なはる前に、まさかのときに役立てるようにとくれはったもんどす」

「裏長屋で針仕事をして、いくら質素に暮らしてたかて、二十両もの金が貯められるわけがありまへん。先代に甘い声を出し、ねだり取った金に違いありまへんわ。それにおまえが、店の帳場から誤魔化して貯め込んだ分も含まれていまっしゃろ。定右衛門はときどき、勘定がどうしても合いまへんというてましたさかいなあ。ついでに断っときますけど、わたしとおまえは兄妹いうても半分だけ。それにもしおまえのお母はんが、どこかの男とこっそり仲良うしてはったら、おまえとは全くの赤の他人になりますわなあ」

この正兵衛の言葉で、お登勢はうっと泣き声を詰まらせ、部屋から飛び出していった。

「旦那さま――」

「なんどすな」

「あんな酷《ひど》いいいようは、お登勢さまにお気の毒どすがな。お登勢さまはご先代さまによう似てはりまっせ」

「おまえは黙っていなはれ。先代にどこが似ているのやな。やっぱりあの金は、帳場から少しずつくすねて貯めたものに違いありまへん」

かれは諫言する定右衛門さえ叱り飛ばした。

部屋の隅に俵屋宗達《たわらやそうたつ》の描いた二枚折りの「寒山拾得図《かんざんじっとくず》」が立てられていた。

その寒山の目が、両手で広げた巻子《かんす》から離れ、正兵衛にぎろりと注がれたように、定右衛門には思われた。

それは先代が室町筋に近い突抜町《つきぬけちょう》の茶道具屋「柊屋《ひいらぎや》」で安く買った屏風だった。

先代はときどき、あの柊屋の主善左衛門《ぜんざえもん》と番頭の竹次郎は、ええ物でも客にふっかけたりせえへんお人たちだといっていた。

三

お登勢は古手の仕分けを手伝っていた土間には戻らず、自分の部屋に飛び込み、びしゃっと襖を閉めた。

そうして初めて嗚咽《おえつ》の声を漏らした。

母親のおみつと長屋暮らしをしていた幼い頃の記憶が、一気に甦《よみがえ》っていた。

二人が住んでいた長屋は一棟が五軒。向き合わせて十軒の住人は人足や日雇い、しがない行商人たちが多かったが、みんな母娘には優しかった。

おみつが大店《おおだな》の古手問屋笠松屋の旦那の囲い者だと勿論、承知していた。

「大店の旦那が囲い者にするのやったら、貧乏人が住むこんな汚い裏長屋ではのうて、もうちょっとましなところに、小女の一人でも付けて住まわせたったらどうやな。笠松屋の旦那は吝嗇なんか」

そうまでいう者もいた。

「おみつはんはきっと騙《だま》されてるのや。旦那に値踏みされ、こんなところでええやろと、ここに住まわせられたんやわ」

「ほな飽きられたらわずかな手切れ金を貰い、ぽいと捨てられてしまうわけか」

「そうに決まっているわい」

長屋の男たちが集まって酒を飲んでいるときなど、こんな話が交されていた。

だがおみつが長屋に住んで一年ほど過ぎてから、それがころっと変わっていた。

「うちの嬶《かか》にきいたけど、どうやらそうでもないらしいで。家主の酒屋の徳助《とくすけ》の親父《おや》っさんによれば、おみつはんはうちにはこんな長屋が似つかわしく、結構な一軒家なんか嫌どすと、古手問屋の旦那にいうたらしいわ。それで徳助の親父っさんは、台所と厠《かわや》に手を入れ、畳や障子、襖も取り替えさせていただきますというたんやて。すると旦那が、おみつのためだけにそうしていただくのは困ります。わたしが金を払いますさかい、二棟の長屋の全部にそうしてくだされ。ついでに溝板《どぶいた》も替え、井戸の覆屋《おおいや》も普請していただけまへんかと、頼まはったというわいな。それが更に進み、木戸門にまでなったんやて。おれはそれをきいて驚いたわい。家主の徳助の親父っさんが、大工を入れてくれたものやと思うてたさかいなあ」

「すると新しい畳や襖、障子戸は、みんな古手問屋の旦那の計らいやったんかいな」

「わしは厠に入るたび、ええ木の香に包まれ、つい長雪隠《せっちん》になってしもうてるわ」

「それで大家の徳助の親父っさんが、喜びながらも愚痴ってたと、嬶がいうてたわ。お嬶はんたちがあそこを直してくれ、ここに棚をと頼むのを、大工はんたちはすべてきいておくれやした。これだけ新たにして貰うと、長屋はもう古手問屋の旦那のものやないかと、思えてしまうというてなあ」

「そやのに古手問屋の旦那は、それを徳助の親父っさんに口止めしてたのやな」

「そうかもしれへんなあ。ともかくありがたいこっちゃ」

「考えてみたら、旦那もかわいそうなもんや。これもひとえに、囲う女子が長屋の嬶たちに邪険にされたり、後ろ指を指されたりせんようにと、配慮してやろさかいなあ」

「今思い返してみると、旦那がおみつはんを連れ、夜、長屋の一軒一軒へ挨拶廻りにきはったとき、恐縮した感じやったわ。わしは無愛想な顔で手拭い三本と饅頭一折りを受け取ったけど、お上手の一つでもいうておいたらよかったわい」

「大店の旦那に囲われる女子はだいたい猫を飼い、贅沢で極楽蜻蛉《とんぼ》。男から金を搾り取ることだけを考え、一方、旦那は傲慢。そやけどおみつはんとあの旦那は違うてるわ。二人とも誠実そうで謙虚なお人柄やがな」

「おみつはんは旦那に甘えんと、懸命に縫い仕事をしてはる。人には優しくて親切。寒うなってきたとき、下駄の歯入れ屋をしている五助《ごすけ》のところの婆さまに、綿入れ袢纏《ばんてん》を拵えて持っていき、婆さまが両手を合わせて拝んだというやないか」

「五助の奴、女でよっぽど懲りたのか、四十を過ぎながら、今も独り身でいるさかいなあ」

角倉会所《すみのくら》で積荷人足をしている植松《うえまつ》がつぶやいた。

「それにおみつはんは珍しいものがあると、わしらの家にもよくお裾分けをしてくれはる。あれは長屋のお人たちにもと、旦那が大量に届けてきた物に相違ないわい。あの旦那はほんまに気の利くお人やわ。いつも長屋の者の目に付かんように、そっと木戸門を潜ってきはる」

「そないにしはらんでもええのになあ。わしらかてお礼の挨拶ぐらいさせてもらいたいがな」

おみつがお登勢を身籠った頃には、長屋の人々の噂はこうまで変わっていた。

お登勢が生れたときには、長屋の女たちが総掛りでおみつの面倒をみてくれた。

彼女の陣痛が始まるや、植松の女房のお竹《たけ》が産婆を呼びに走った。すぐ五助の母親のお房《ふさ》が、おみつの家にやってきて、陣頭指揮に当たった。家に上がり込んだり、狭い土間に立ったりしている女たちに、産湯のための湯を沸かしなはれと命じた。

「はい、そうさせてもらいます」

女たちが立ち上がり、一斉に外へ向かいかけると、嗄《しわが》れた声で苦情をいった。

「みんなが出て行ってしまったらあきまへんがな。何人かはわしと一緒にここに残り、おみつはんのそばにいて、励まして上げとくれやす。それに柔らかい布を用意してくんなはれ。みんな、子どもを産んだことがありまっしゃろ。狼狽《うろた》えんときなはれ」

日頃はぼやっとしている老女のお房が、てきぱきと女たちに指図し、出産の用意が整えられた。

寝床に横たわったおみつは、陣痛の痛みに身悶えしている。

そのかたわらに産婆とお房がひかえ、産湯を使う盥《たらい》もすでに用意されていた。

「おみつはん、しっかりしなあきまへんえ。これが女の戦いどすさかいなあ。苦しゅうてもちょっとの辛抱。元気なやや子を産まなあきまへん」

おみつはお房の手で、太箸を手拭いでくるんだ〈産み箸〉を、すでに嚙まされていた。長屋の梁から垂らされた摑み棒をしっかり握り、その身悶えが一層激しくなっていた。

「ここに二人残り、あとは部屋から出て、外で待っていなはれ。そして家の外で遊んでいる子どもたちを、ちょっと遠ざけてくるんや。おみつはんはきっと、あの子たちのような元気なやや子を産まはりますやろ」

襷《たすき》を掛けたお房がつぶやいた。

台所で湯を沸かす女も、外に追い出された女たちも、緊張した面持ちでときが刻々と過ぎていくのを長く感じながら、部屋の中の動きに耳を澄ませていた。

「女の子か、それとも男の子なんやろか」

「うちは女の子やと思います。おみつはんの顔が、身籠らはってから一層、優しゅうなりましたさかい」

「女の子がええわ。男の子は大人になって好きな女子でもできたら、そっちばかりに目を向け、親は放ったらかしやさかい」

「そのうえ道楽者にでもなったら、母親はあれこれ悔いななりまへん」

ひそひそ声でそんな話をしながら、奥の部屋の切迫した気配を、みんなが案じていた。

おみつの苦悶が一層大きくなった。

「いよいよやわ」

「それにしてもいざとなると、五助はんのお袋さまはびしっとしてはりますなあ。見直さなあきまへん」

「人間はいざというときにどうするかで、その人の正体がわかるといわれてますけど、あれはほんまどすわ」

植松の女房のお竹がそういったとき、ぎゃあとやや子の産声が奥の部屋から届いてきた。

「みんな、襖を開けてこっちにきなはれ。生れたのは女のややどすえ」

お房の生き生きした声だった。

長屋の女たちは一斉に動いた。

産湯のための湯が運ばれ、産婆がぎゃあぎゃあ泣いている赤ん坊に、柔らかい手付きで産湯を使わせた。
産湯できれいに洗われた赤ん坊は、柔らかい晒《さら》しにくるまれ、お房に抱かれた。
おみつがほっとした顔で横たわっている。
「おみつはん、母親に似て目鼻立ちのととのった元気な女の赤ちゃんどすえ」
お房が赤ん坊を低く抱き、おみつに見せた。
おみつは顔に穏やかな笑みを浮かべ、生れたばかりのわが子に目を注いだ。
布団の中から手をのばし、指で優しくわが子の頰に触れた。
両目から涙をあふれさせていた。

その日、お竹の夫の植松が、角倉会所の勤めを早く終えて戻ってきた。

お竹は早速、おみつの無事な出産を伝えた。

「そうか、母娘とも無事とはよかったなあ。そやけど考えてみると、なんやなあ――」

「おまえさん、なんやなあというて、後は黙ってはりますけど、それはなんでどす」

「そんなん、一口にはいえへんわい。わしは今複雑な気持でいてるねん。赤ん坊は生れてきたとき、決まってぎゃあぎゃあと泣きよるわなあ。それはひょっとしたら、こんな世の中に生れたのを哀しんでいるのかもしれんと、思うたまでのこっちゃ。ましてやおみつはんは囲われてる女子はん。そのお人を母親として生れてきた子は、どんな人生をたどることになるんやろ。赤ん坊は早くもそんなんを漠然と感じ、泣いたんとちゃうやろか。わしはそう思うたんや」

植松は塗りの剝《は》げた衣桁《いこう》の隅に、着ていた袢纏《はんてん》を脱いで掛けながらいった。

「おまえさん——」

お竹は思い掛けないことをいわれ、後の言葉をつづけられなかった。

「それよりお竹、旦那はおみつはんが赤ん坊を産まはったことを、知ってはるやろか——」

「そらまだ知ってはらしまへんやろ」

「どうにかして、それを知らせたらなあかんのとちゃうか。古手問屋の店へ訪れるのは憚《はばか》られるさかい、わしがひと芝居うってでも、旦那に知らせてきてやろか」

「おまえさんおおきに。そないに気を遣うてくれはって。そやけどそれは大丈夫どすわ。笠松屋の旦那はおみつはんの出産を気にし、毎日みたいに覗きにきてはります。実は昨日、うちに寄らはって、何かあったら何卒よろしくお頼みいたしますと、頭を下げていかはりました」

「ああ、そうやったんか。隠しごとをしている男とは、切ないもんやなあ。大店の旦那が貧乏人の女房にも頭を下げなならんのやさかい」

「おまえさんはそういわはりますけど、うちは自分を貧乏人の女房やとは、思うていまへんえ。ほんまの貧乏人とは、心の貧しい人を指すのとちゃいますか。うちはおまえさんが酒こそ飲まはりますけど、博奕にも女子はんにも手を出さんと、真面目に働いていてくれはるさかい、果報者やと思うてます」

「そんなんいうてくれて、おおきになあ」

そんな夫婦のやり取りを、八つになる息子の和助《わすけ》と四つのおひさが、妙な顔で眺めていた。

その夜、笠松屋の旦那正兵衛が、おみつの家を訪れた。

長屋の人々にはそれが何となく伝わり、誰もが明るい気持に包まれた。

翌日の正午《ひる》過ぎ、正兵衛は家主の徳助を伴い、再び長屋を訪れた。

布団から半身を起したおみつに、お房が家で炊いてきた粥を食べさせているところだった。

「初めてお目にかかります。下駄の歯入れ屋をしている五助の母親で、房ともうします」

「扇屋町で古手問屋を営んでいる笠松屋正兵衛ともうします。この度はおみつが大変ご厄介になり、まことにありがとうございました」

「いやいや、そんなんどうもあらしまへん。ご厄介になってるのはこっちどす。それより、産後は肥立ちが大事どすさかい、ここ十日程はうちら長屋のみんなで、おみつはんの世話をさせていただきます。どうぞ、安心していておくれやす」

お房はそういい、土鍋ごと持ってきた粥を、おみつが空にした椀にまたよそった。その間、おみつは黙ってうなだれていた。

それから正兵衛は、生れたばかりのやや子の顔を覗いた後、家主の徳助に案内され、用意して来た紅白饅頭を長屋の一軒一軒に配り、丁寧に挨拶して帰っていった。

「よう出来たお人やけど、難儀なこっちゃなあ」

それがお竹からその日の経過をきいた植松の感慨だった。

何が難儀なのか、お竹がたずねたが、かれは口を閉ざし、ついにいわなかった。

お登勢は烏丸・仏光寺に近い長屋ですくすくと育ち、ときどき訪ねてくる正兵衛を親戚の人だときかされていた。

だがいつしか、本当は父親ではないかと思い始めていた。

長屋で彼女は可愛がられていたが、ほかの町内の子どもたちが苛めると、和助が身を挺して庇ってくれた。

母親のおみつはいつもせっせと内職の縫い仕事に励んでいた。

「夜遅うまで、あんなに仕事をせんかてええのになあ」

お竹たち長屋の女はたびたび忠告したが、そのときだけおみつははいと答えるものの、素直には従わなかった。

そしてやがて胸を病んで寝つき、お登勢が八つになった春、青白く痩せ、死んでしまったのである。

お登勢を笠松屋へ引き取るについては、正兵衛とお園との間で相当揉めたようだった。小さな風呂敷包み一つを持って連れてこられたとき、お登勢はお園の態度から、幼いながら本能的に、自分の身は自分で守らねばと感じた。

番頭の定右衛門に案内され、与えられた部屋に入ると、生前母親から手渡された二十両を別の布で包み、押入れの天井《てんじよう》裏に隠した。義母のお園はときどき、お登勢の持ち物を改めていたようだが、ついに死ぬまでそれは見付けられなかった。

彼女や腹違いの兄姉からどんなに辛く当たられても、それさえあれば、なんとか生きる手段は付けられると思っていたそれが、もうなくなってしまった。

お登勢は嗚咽するだけすると、鏡台の前に進み、手まり髷を飾っていた簪を、両手で抜き放った。膝切り姿だけに、もう全く下働きとしか見えなかった。

それでもまだ一つだけ、鏡台の中に望みとなる品が残っている。

それは古びた細長い小箱に入れられた物で、父親の正兵衛が自分にとくれた誕生仏だった。

「この三寸余りの仏さんは、お釈迦さまが誕生されたときのお姿や。そのときお釈迦さまは左手で地を、右手で空を指し、『天上天下唯我独尊』と唱えはったそうやわ。そやけどこの仏はんは左手で空を、右手で地を指してます。それに古箱の中で布ではのうて、白髪や太い髪、細い髪などいろいろな髪に包まれ、何となく変やろ。お父はんがときどき、物を買うてる突抜町の柊屋の竹次郎はんが、鍍金《ときん》の厚い滅多にないええ物どすさかい、是非にと勧めはった物や。みんながなんか気味悪がって、市《いち》でも買い手の付かなんだ掘り出し物どす。そら旦那さま、手違いの誕生仏もおますわいな。わたしは一度、そんな白鳳《はくほう》時代の誕生仏を見たことがございます。いざとなった場合、買い戻させていただきますさかいというてなあ。古い髪は持仏《じぶつ》としてこれを持ってたお人たちの髪で、おそらく大事にされてきたんどっしゃろ」

正兵衛はそういってこっそり手渡してくれた。

尤《もっと》も白鳳という年号も時代もない。白鳳は天武・持統天皇時代の称。文化史、特に美術史の時代区分の一つで、飛鳥から天平時代の中間とされ、力強い清新な日本文化が創造された時代といわれている。

義母もこの誕生仏には気付いていたに違いないが、気味悪くて黙っていたのだろう。

実母の位牌を持たないお登勢は、この誕生仏をおみつの位牌の代わりと思い、ときどき、出して拝んでいた。

古い髪の毛の中に、母親の遺髪を少ししのばせてもあったのだ。

古びた箱の中から、多くの髪に包まれたそれを取り出し、両手を合わせて拝むと、胸がなんだかすっきりしてきた。

彼女の指の間に、一本の白髪がまとわり付いていた。それは何百年も前の持ち主の髪に相違なかった。

お登勢は古い小箱を鏡台の引き出しに戻すと、すっくと立ち上がった。

四

春がすぎ、夏になった。

その年の夏はいきなり猛暑で始まった。

「ぼちぼち暑うなるのやったらともかく、夏の初めからこんなに暑うてはかなわんなあ。今年はどんな夏になるのやろ」

笠松屋に出入りする商人たちがぼやいていた。

「わしらはそんなことで愚痴ってるけど、お登勢さまを見てみいな。白粉も紅も付けんと、頑張ってはるやないか。おまえはまだ気付いてへんやろけど、頭から簪がのうなってる。膝切り姿で働いていて、知らぬお人には下働きの女子はんに見えるやろなあ」

「そんなん、わしかて早うから気付いていているわいな。店の調子はようない。旦那さまの遊びは強《きつ》うなってきてる。手代の勘助はんが辞めはったさかい、自分が一層、気張らなあかんと思わはったのやろ」

「店の調子がようないのは、買い付けた荷の支払いが悪いからやわ。

古手の解きや洗濯、張り子のお人も減ってる。縫い仕事を取りにくる長屋の女子はんたちも、仕事が少のうなったとぼやいてはるわ」

「縫い仕事の女子はんたちも、亭主の稼ぎだけでは、安心して食べていかれへんさかいなあ。ほかの古手問屋の仕事を始めたかて止むを得んわ」

「へえっ、もうそんなことが始まってるのかいな」

「そらそうや。みんな食べていかなならんさかい。ともかくどんなに立派な松でも、虫に食われ始めると、枯れるのは早いわ。その松食い虫が旦那やときたら、世話はないがな」

「そしたらいっそ、お登勢さまをお店さまに据えたらどうなんや。先代が外で拵えはった娘はんやけど、親戚一同が話し合い、旦那さまを押込め隠居にしたらええがな。あのお登勢さまなら年は若いけど、きっと昔の笠松屋に戻さはるで――」

「笠松屋の親戚は変わってて、西陣の機屋《はたや》に嫁いだお嬢さまからも、そんな声は出てへんわ。それに先代がお登勢さまの死んだお母はんに、何千両もの金を貢いださかい、店はあないになってしもうたという噂が、ささやかれてるで」

「その噂、旦那さまがわざと流さはったんとちゃうか。お登勢さまのお母はんが死なはったのは十数年も前。死人に口なしで、どないにでも悪くいえるわい。あのお登勢さまを見ていて、なんで何千両もの金の話になるのやな」

「おまえ、そんな怖い顔で、わしに文句をつけんでもええやろな。当代の正兵衛の旦那さまにいうこっちゃ。旦那さまの飲む打つ買うの三拍子そろうたお遊びを、止めていただけしまへんかとな。それが出来なんだら黙っとれや。番頭の定右衛門はんは旦那さまにそういうたさかい、張り飛ばされて頭を帳場簞笥《だんす》の角で打ち、いまも寝込んでいはるわ」

「それで手代の九蔵はんが、番頭代わりをしてはるのかいな」

「そうやがな。九蔵はんが、やり繰り算段が大変、そろばんを弾《はじ》いていると、頭の中がくちゃくちゃしてきて、そろばんを投げ出したくなるというてはったわ」

「そらそうやろ。そないに店の商いが火の車でも、旦那さまはちゃらちゃらして遊蕩三昧。身に染みついた習いとは、恐ろしいものやわ」

「困ったこっちゃなあ」

「困ってるのはこっちやわ。半月前に掛け売りは一切お断りやと、わしら手代の九蔵はんからいい渡されたやないか」

「そやけど、ご先代さまからよくしていただいた義理があるさかいなあ。他《ほか》で仕入れるわけにはいかへん」

「どないに義理があったかて、それはそれ。こっちがどうにもならなんだら、他の古手問屋に替わるしかないがな。わしらみたいな小さな儲けの古手屋には、もう義理もへったくれもあらへんわい」

「おまえ、強気でよういうのやなあ」

「強気とちゃうわ。わしかて笠松屋に義理はあるわいさ。そやけど掛け売りお断りでは身動きできへん。仕入れ先を替えな仕方がないのは、おまえも同じやろな」

これが長い間、笠松屋で買い付けをしてきた古手屋二人の会話であった。

夏の暑さは依然として衰えなかった。

「今日もまた暑いのやろなあ。鞍馬詣でにでも出かけ、ついでに貴船《きぶね》で旨い料理を食べ、一日涼《すず》んできたいもんやわ」

表を通り過ぎるお店者《たなもの》らしい男連れから、こんな声がふときこえてきた。

「ほんまにそうや」

帳場に坐る手代の九蔵が、やり切れない顔で帳簿を閉じたとき、がらがらと音をひびかせてきた荷車が、笠松屋の前で止まった。

「九蔵、暑おすなあ」

扇子で襟許に風を入れながら入ってきたのは、西陣の機屋《はたや》に嫁いだ正兵衛の妹お松。意地悪げな目で店の中を見廻した。

「こ、これはお嬢さま――」

「兄《あに》さんはいてはりますか」

「今お出掛けでございますけど――」

「今ではなく、昨日からどっしゃろ。それとも一昨日《おとつい》からどすか。何でうちに正直にいえへんのどす」

九蔵はお松に、頰に一発拳骨をくらわされた感じだった。

「今日は何かご用でございますか」

九蔵はおずおずと彼女にたずねかけた。

「娘のうちが、実家に戻ってきて悪おすか。今日は貰う物を貰うため、嫁ぎ先の機屋の荷車を奉公人に曳《ひ》かせ、やってきたんどす」

「貰う物を貰う――」

「へえ、死んだお父はんが一頃、しきりに買うてはった値打のある骨董品を、今のうちに貰うておかなあかんさかい」

蓮っ葉な口調でお松はいい、首の汗を拭いながら上がり込んだ。

後ろには、見覚えのある機屋の奉公人が三人従っていた。

「姉さま、よくおいでなさいました」

土間の中暖簾からお登勢が現れ、丁寧に頭を下げた。

「おまえはお登勢、どうやら元気でいてるようやけど、髪の簪はどうしたんえ。あれは高価な物やったさかい、兄さんに取り上げられてしもうたんか」

「いえ、こんな物で髪を飾ってたらあかんと思い、自分で取りはずしただけどす」

「何があかんのかわかりまへんけど、おまえが要らんのどしたら、うちが貰うときますえ。出しといてくんなはれ」

お松はお登勢に温かい言葉一つ掛けずに、図々しくいった。

「はい、ではそうさせていただきます」

「九蔵にお登勢、いうときますけど、この笠松屋はもうあきまへんえ。兄さんの手遊《てすさ》びが過ぎ、とうとう身代が潰れますのや。うちが嫁いだ機屋にも、博奕好きがいてましてなあ。その男によると、兄さんは北野のどっかの賭場に入り浸り、負けが大きく込み、借金は二千両を超えてるそうどす。負けると、元を取り戻そうと熱くなるのが博奕。兄さんは前からどしたけど、ついにどつぼに嵌《はま》り込まはったんどす。いずれは家屋敷や商いの株も、手放さなあきまへんやろ。そうなる前に、うちは貰う物は貰っておこうと、やってきたんどす。兄さんがいてはらんで幸いどした。いてはったら、口喧嘩の一つもせなあきまへんさかいなあ」

お松は自嘲気味にいい、九蔵とお登勢は唖然としてきいていた。

「お登勢、おまえは腹違いでも一応妹どすさかい、いうておきます。この後、身一つになって、ここから追い出されたらどうするか、今から考えておかなあきまへんえ。もうわかってますやろけどなあ」

お松は立ったまま、辺りも憚《はばか》らずにいった。小僧や下働きの女たちの耳にも、その声は届いているはずだった。

お登勢の胸裏に浮かんだのは、債鬼《さいき》という言葉だった。それも並みの債鬼ではない。相手は賭場のならず者、尋常でない取り立てに決まっていた。

かねてから覚悟はしていたものの、その現実がお松の口からこうした形で突き付けられるとは、思ってもいなかった。

「さあ、おまえたちのうち一人は上がり、うちの後に付いて、この家の中を廻っておくれやす。そしてうちがいう物を帳場まで運び、一人はそれを荷車に持っていき、後の一人は整理して積み込んでおくれやす」

お松の指図をきいていると、彼女がどんな態度で嫁ぎ先の奉公人に接しているのか、わかる口調だった。

一人を従え、お松はずかずかと奥に入っていき、物色し始めた。

「お登勢さま、わたしももうやってられしまへん。売り家と唐様《からよう》で書く三代目といいますけど、まさにそれどすなあ。いや、これはそれ以上になりまっせ。身内のお嬢さまがああどすさかい」

お登勢は唖然として立ったまま、頭の中は真っ白になっていた。

――この世で当てに出来るのは、金でも身分でもありまへん。誠実なお人だけどす。こんな長屋で貧しいお人たちが、肩を寄せ合って暮らしているのは、互いに助け合わな生きていかれへんからどす。貧しいのは辛《つろ》おすけど、貧しい人をばかにしてはなりまへん。そんなお人の中にこそ、誠実なお人がいてはるからどす。貧しさをしっかり身体で知り、その貧しさから真面目に這い出そうとしてはるお人が一番どす。

死んだ母親のおみつが、折に触れお登勢にきかせていた言葉だった。

どこかに姿を消した手代の九蔵に代わり、お登勢は帳場の近くに坐った。

お松の連れてきた機屋の奉公人が、次々に画幅の箱を両手で抱え、持ち出してくる。平皿を入れた大小の箱もそれにつづいた。

やがて蔵に入ったのか、屏風箱まで運び出してきた。

それらが表の荷車に積み込まれている。

食事部屋に置かれていた宗達筆の「寒山拾得図」が、一人の手で軽軽と帳場に運ばれてきたときには、お登勢は思わずうっと喉を詰まらせた。

その二枚折りにされた屏風の中で、巻子を広げた寒山、箒を持った拾得は、どんな顔をしているのだろうと思ったからだ。出来るものなら屏風から抜け出し、自分のそばに坐って欲しかった。

寒山と拾得は唐代の僧。寒山は文殊《もんじゅ》の化身、拾得は普賢の化身といわれ、その詩は『寒山詩』の中に収載されている。

飄逸《ひょういつ》な姿を組み合わせ、漢画系諸派や多くの絵師によって描かれたことぐらい、お登勢も知っていた。

「お登勢、おまえの部屋にも入らせてもらいましたえ。ほなこの簪、うちが貰うておきますさかいなあ。なんや汚らしい小箱に、髪の毛がいっぱい入ってたけど、あれはなんどす。あんな気味の悪い小箱は、早う捨ててしまいなはれ」

お松は貰う物をすべて運び終えたのか、化粧が崩れるほどびっしょり汗をかいていた。店の表に出てくると、眉をひそめ、お登勢にいった。

人の髪は長い間、多くのそれが一つの形の中に詰め込まれていると、油気が抜け、一枚の厚紙のようになってしまう。

それに包まれ、裏返しにされていた誕生仏は、どうやらお松の目には付かなかったようだ。

「お登勢、うちはこれで去《い》なせて貰いますさかい、兄さんにこうどしたと、伝えておいとくれやす。ほな、おまえも元気でなあ」

お松はどこか浮き浮きした声でいい、荷車とともに去っていった。

「お登勢さま、手代の九蔵はんがどこにもいはらしまへんけど、どないしまひょ」

小僧の一人が彼女に問いかけてきた。

「そんなん、放っておいたらよろし。まだ陽は暮れていまへんけど、店の戸を全部閉めてしまいなはれ。それから女子衆に何かおいしい物を拵えてもらい、みんなでお食べやす。そして早寝しよし」

お登勢はそういい、帳場の隅に坐りつづけた。

やがて夜になり、それが更けても、お登勢はそのまま坐っていた。食事の後や早寝するため、小僧たちが挨拶にきたが、うなずいただけだった。

こうして彼女は正兵衛の帰りを待つつもりでいた。

深更になり、笠松屋の表戸がどんどんと叩かれた。

「旦那さまがお戻りになったんや」

屋根裏部屋から小僧たちがどどっと下りてきて、潜り戸を開けた。

泥酔した正兵衛が、ふらっと土間に現れた。

そして誰が灯を点《とも》したのか、帳場の隅に坐るお登勢の姿に気付いた。

「お登勢、笠松屋はもう潰れたも同然や。おまえは身売りを迫られたらあかんさかい、早うどっかに行ってしまうんや。銭は一文もないねんで。みんなわしが使うてしもた。それは堪忍や」

正兵衛はそれだけいい、帳場に横たわり、ぐうぐう鼾《いびき》をかいて眠り始めた。

お登勢はそんなかれに、両手をついて深々と低頭し、挨拶した。

そして手燭を持ち、自分の部屋に急いだ。

鏡台の引き出しから古箱を取り出し、誕生仏が無事なのを改めると、それを懐の奥深く仕舞い込んだ。

次に髷の元結いを鋏でぱちっと切った。

長い髪が両肩にばさっと落ち掛かった。

更に彼女は鏡を覗き込み、紅皿の蓋を開け、右手の中指で紅を軽く掬《すく》うと、唇の左から右にと大きく引き上げ、櫛を咥《くわ》えた。

口に櫛を咥えたこんな姿なら、丑《うし》の刻を過ぎた夜中だが、どんな女好きでも決して襲ってこないだろう。

この姿で足袋裸足《たびはだし》のまま、突抜町の柊屋まで行こうと決めていた。

扇屋町から柊屋までは、西南にさほど離れていない。お登勢はわざとふらふらした足取りで柊屋にたどり着いた。

どんどんと戸を叩き、こんな夜更けにどなたさまどすとたずねる竹次郎の声に、扇屋町の古手問屋笠松屋の登勢ともうしますと、はっきり答えた。

「あの笠松屋のお登勢さま——」

笠松屋が三代目の遊蕩三昧で身代潰れになりそうだとは、竹次郎もきいていた。

哀しい身の上のお登勢にも、二度会っていた。

竹次郎は潜り戸を開けるや否や、彼女の顔を見てぎょっと驚いたが、胸に倒れ込んできた彼女を辛うじて抱き止めた。

「お父はん、お稀世《きよ》、早う起きてきてくんなはれ」

かれは家中にひびく大声で叫んだ。

「この誕生仏、いざの場合に柊屋さまで引き取っていただけると、父からきかされておりました」

それからお登勢は落ち着いた声で、店のありさまと、兄正兵衛から身売りを迫られたらあかんといわれたことなどを、竹次郎たちに語った。

そのときにはその顔はすでに残り湯を使い、お稀世の手できれいに拭われていた。

「二十六両で買い戻させていただきますけど、お登勢さまはこれからどうなさいます」

「生れ育った烏丸・仏光寺に近い裏長屋に戻り、長屋のみなさまに相談をかけたいと思うてます」

「お登勢さまのご相談どしたら、わたしも親父どのも、どんなことでも乗らせていただきますさかい、どうぞいうとくれやす」

竹次郎が彼女をうながした。

「ともかく、お登勢さまは疲れてはりまっしゃろ。ひとまずここでぐっすり眠っておくれやす」

善左衛門がお稀世とうなずいて勧めた。

「この誕生仏をほんまに買い戻してくれはっておおきに。そやけど、仏さまを包んでる髪の毛だけ全部、うちにいただけしまへんやろか」

「そ、それはまたなんでどす」

善左衛門が驚いた声でたずねた。

「その髪の毛の中に、うちのお母はんの髪が混ぜ込んであるからどす。うちが笠松屋に引き取られるとき、先代のお店さまは、お母はんの位牌をどっかのお寺に預けてしまわはりました。うちにお母はんの形見の品は、その髪の毛だけなんどす」

柊屋の三人は悄然《しょうぜん》として彼女の話をきいていた。

どこからともなく、一番鶏《どり》の鳴く声がひびいてきた。

本書は、株式会社光文社のご厚意により、光文社文庫『短夜の髪』を底本としました。但し、頁数の都合により、上巻・下巻の二分冊といたしました。

短夜の髪―京都市井図絵―　上
（大活字本シリーズ）

2016年12月10日発行（限定部数500部）
底　本　光文社文庫『短夜の髪』
定　価　（本体 2,900円＋税）
著　者　澤田ふじ子
発行者　並木　則康
発行所　社会福祉法人　埼玉福祉会
埼玉県新座市堀ノ内 3―7―31　〒352―0023
電話　048―481―2181
振替　00160―3―24404
印刷製本所　社会福祉法人　埼玉福祉会　印刷事業部

ISBN 978-4-86596-107-2